U0942826

Yilin Classics

Αἰσχύλος
Σοφοκλῆς

经/典/译/林

αἱ Ἑλληνικαὶ τραγῳδίαι καὶ κωμῳδίαι

古希腊悲剧喜剧集

（上部）

[古希腊] 埃斯库罗斯 索福克勒斯 著
张竹明 王焕生 译

译林出版社

图书在版编目（CIP）数据

古希腊悲剧喜剧集．上部／（古希腊）埃斯库罗斯，（古希腊）索福克勒斯著；张竹明，王焕生译．—南京：译林出版社，2011.4（2023.8 重印）
（经典译林）
ISBN 978-7-5447-1170-8

Ⅰ.①古… Ⅱ.①埃… ②索… ③张… ④王… Ⅲ.①悲剧－剧本－作品集－古希腊 ②喜剧－剧本－作品集－古希腊 Ⅳ.①I545.32

中国版本图书馆 CIP 数据核字（2011）第 026599 号

古希腊悲剧喜剧集(上、下部) ［古希腊］埃斯库罗斯 等／著 张竹明 王焕生／译

责任编辑 韩继坤 冯一兵
责任印制 颜 亮

原文出版 The Loeb Classical Library, 1973
出版发行 译林出版社
地　　址 南京市湖南路 1 号 A 楼
邮　　箱 yilin@yilin.com
网　　址 www.yilin.com
市场热线 025-86633278
排　　版 南京展望文化发展有限公司
印　　刷 江苏凤凰盐城印刷有限公司
开　　本 880 毫米 × 1240 毫米 1/32
印　　张 32.125
插　　页 8
版　　次 2011 年 4 月第 1 版
印　　次 2023 年 8 月第 20 次印刷
书　　号 ISBN 978-7-5447-1170-8
定　　价 （上、下）118.00元

CONTENTS · 目录

上　部

波斯人 …… 埃斯库罗斯 著　王焕生 译 1

普罗米修斯 …… 埃斯库罗斯 著　王焕生 译 67

阿伽门农 …… 埃斯库罗斯 著　王焕生 译 137

奥狄浦斯王 …… 索福克勒斯 著　张竹明 译 231

安提戈涅 …… 索福克勒斯 著　张竹明 译 331

下　部

伊菲革涅亚在奥利斯 …… 欧里庇得斯 著　张竹明 译 415

美狄亚 …… 欧里庇得斯 著　张竹明 译 517

特洛伊妇女 …… 欧里庇得斯 著　张竹明 译 601

阿卡奈人 …… 阿里斯托芬 著　张竹明 译 677

骑士 …… 阿里斯托芬 著　张竹明 译 779

云 …… 阿里斯托芬 著　张竹明 译 891

波斯人

埃斯库罗斯 著
王焕生 译

场次

1 **进场歌**
第1—139行

2 **第一场**
第140—531行

3 **第一合唱歌**
第532—597行

4 **第二场**
第598—622行

5 **第二合唱歌**
第623—680行

6 **第三场**
第681—851行

7 **第三合唱歌**
第852—908行

8 **退　场**
第909—1076行

人物

歌队

由波斯长老组成

阿托萨

波斯王太后，大流士之妻

报信人

大流士的魂灵

波斯先王

薛西斯

波斯国王

地 点

波斯都城苏萨王宫前
大流士的坟墓位于不远处

时 间

公元前 480 年萨拉弥斯战役后不久

（一）

进场歌

（由波斯长老组成的歌队进场，薛西斯国王出征后，国家便由他们监护）

歌　队

波斯大军已出征希腊国土①，
我们被视为忠诚可靠之辈，
黄金充盈的富裕王朝的护卫，
由于我们年高德劭受敬重，
伟大的薛西斯国王，大流士之子，
亲自授命我们
　　监理这片国土。

对于当今国王的回驾，
金光闪闪的军队归返，
我们的心里深深地涌动着
　　一种不吉的预感。
亚细亚的全部军队远行征战，
我们心中怨怼年轻的国王，

① 指公元前480年，薛西斯率领庞大的波斯军队出征希腊。

没有派遣任何信使或骑兵，
　　返回波斯的都邑。

他们离开苏萨、阿格巴塔纳①
和历史久远的基西昂②的城堡，
踏上征途，有的驾马驰骋，
有的乘船行进，有的徒步，
　　浩荡的战斗行列③。

有阿弥斯特瑞斯、阿尔塔弗瑞涅斯
和墨伽巴特斯、阿斯塔斯佩斯，
　　波斯人的首领④，
臣服于伟大国王的国王们，
奋勇向前，统率庞大的军队，
强大的弓箭手，乘马飞驰的骑兵，
形象令人恐怖，惯于征战，
　　一向以心灵豪勇著称。

还有骑手⑤阿尔特姆巴瑞斯
和马西斯特瑞斯⑥，杰出的弓箭手

---

① 阿格巴塔纳又称埃克巴塔纳，米底亚首都，位于里海南面的奥隆特斯河上，被波斯征服后成为波斯国王的避暑地。

② 基西昂是波斯的苏西阿纳省的一个区，首府苏萨位于其境内。基西昂城距苏萨不远。

③ 指波斯出兵希腊，水陆并进。

④ 诗人提到的波斯将领，有的真有其人，但名字稍有变化，有的属虚拟。例如阿尔塔弗瑞涅斯可能指阿尔塔斐尔涅斯，希罗多德说此人统率密西亚军队和吕底亚军队。又如墨伽巴特斯可能指波斯海军司令墨伽巴索斯，阿斯塔斯佩斯可能指大流士与阿托萨的儿子许斯塔斯佩斯。

⑤ “骑手”或作“乘车作战”的。

⑥ 希罗多德曾说大流士和阿托萨有子名马西斯特斯，马西斯特瑞斯可能即喻此人。

伊奥斯和法兰达克斯①，
　　驭马能手索斯塔涅斯。

那强大的、养育众生的尼罗河，
也遣来将领，有苏西斯卡涅斯，
　　埃及人佩伽斯塔贡，
　　神圣的孟菲斯国王
　　伟大的阿尔萨墨斯，
古老的忒拜的阿里奥马尔多斯
和来自沼泽地②的舰只划手，
　令人畏惧，多得无法胜计。

奢侈的吕底亚人的军队
跟随他们，还有所有出生于
大陆的部族③，由墨特罗伽特斯、
杰出的阿克透斯统率，国王兼将军；
富有黄金的撒尔狄斯④派遣了
强大的军队，驱策着无数车马，
有双辕的战车，也有三辕，
　　一片令人恐惧的景象。

神圣的特摩洛斯山地⑤的居民
也想给希腊套上奴役的轭环，
还有马尔多伊人⑥，长矛坚固的

---

① 希罗多德曾提到波斯将领法兰达特斯，法兰达克斯可能喻此人。
② “沼泽地”指尼罗河三角洲。
③ “出生于大陆的部族”指居住在小亚细亚的伊奥尼亚人，是希腊四支古代部落之一。
④ 撒尔狄斯是吕底亚首都。
⑤ 特摩洛斯山在吕底亚境内。
⑥ 马尔多伊人居住在亚美尼亚南部。

塔律比斯人，善投掷的密西亚人。
富有黄金的巴比伦也派来从各地
召集的一列列军队，有的是水军，
有的是善挽弓的忠实可靠的射手。
手持弯刀的部族也从全亚细亚
跟随而去，
　　听从国王的威严召唤。

精壮的勇士，波斯大地的花朵，
　　就这样踏上征途，
哺育了他们的整个亚细亚大地
在想念他们，发出沉重的叹息，
双亲和妻子一天一天地计算着
　　流去的时日，心中发颤。

　　（第一曲首节）
攻掠城市无坚不摧的
　　王师渡海进入了
　　相邻的国土，
用亚麻索桥越过
阿塔马斯①的女儿
　　赫勒的海峡，
用长钉固定的通道如辕轭，
　　套住大海的颈脖。

---

① 阿塔马斯是希腊波奥提亚的奥尔科墨诺斯国王，为云雾女神涅斐勒所爱，生弗里克索斯和赫勒。后来赫勒坠海淹死，那海即以赫勒命名，称“赫勒斯滂托斯”，意为“赫勒之海”，即今达达尼尔海峡。薛西斯进军希腊时，在海峡上拉索架桥，供军队渡越。据希罗多德说，一共有六条巨索，其中两条是麻的，四条是埃及纸草的。在拉紧的大索上再铺木板，盖上树枝，撒上泥土压实，让人马车辆通过。

（第一曲次节）
人口众多的亚细亚君主，
不可遏止地驱赶
他那神圣的大军，
从两个方向前进，
取道陆路和海上，
信赖将帅们
忠诚而严厉，国王如神明，
金雨生育的后代①。

（第二曲首节）
他双眼射出血腥的
毒蛇般蓝灰色凶光，
统率着陆军和水师，
驾驶叙利亚式车銮，
驱使强弓利矢的阿瑞斯，
去征服善于投掷的将士②。

（第二曲次节）
谁也没有能抗拒过
这庞大军队的巨流，
如坚固的堤岸锁阻
大海难抑止的巨澜，
因为波斯军队无敌手，
波斯人民啊心灵豪强。

---

① 希腊人认为，波斯人源自佩尔修斯。阿尔戈斯王阿克里西奥斯从神示中得知，他的女儿达那厄生的儿子将会推翻他的政权，并把他杀死。他于是把女儿关进地窖（一说铜屋），但宙斯化作金雨进去，和达那厄生佩尔修斯。佩尔修斯和安德罗墨达生子佩尔塞斯，佩尔塞斯被视为波斯人的祖先。

② 波斯人以善射著称，希腊人的主要进攻武器是长矛和投枪。

（第三曲首节）[1]
命运依凭神意，
从来强大无比，
它曾命令波斯人
用战争摧毁城楼，
用善于策马驱车的
强大军队
　　去进攻各处城邦。

（第三曲次节）
他们学会了观察
辽阔大海的习性，
风浪使它变灰白，
面对神圣的海面，
凭信作为通途的
精制缆索
　　和高妙的战争韬略。

（第四曲首节）
哪个凡人能逃脱
神明的狡猾欺骗？
有谁能轻易一跃，
便摆脱神力的羁绊？

（第四曲次节）
阿塔[2]友善地献媚，

---

① 有的版本把第三曲和第四曲对调。
② 阿塔是迷惑、蒙骗女神。

把凡人骗进罗网，
哪个有死的凡人，
竟能够从那里逃脱？

（第五曲首节）
我的心因此变昏暗，
忍受着恐惧的折磨，
　　天哪，那支波斯军队，
国家不要从此衰微，
　　苏萨都城变得无男子。

（第五曲次节）
基西昂人的都城[1]会
起哀歌悲吟地回应，
　　啊，一群群的妇女会
大声呼号，悲痛哭泣，
　　扯碎自己的亚麻衣衫[2]。

（第六曲首节）
人们有的乘车，
有的徒步行进，
离开家园，有如蜂群，
　　跟随大军首领，
渡过连接两岸的长桥，
　　两边土地共同的
　　深入海中的岬地。

---

① “基西昂人的都城”即苏萨。苏萨城的主要居民是基西昂人。

② 第120—125行原文为四行。

歌　队

请你放心，我们的太后，你无需
用言语或行动激励我们为你效力，
你要我们做参议，我们会尽责。

阿托萨

我夜间常常陷入各种梦境，
自从吾儿装备了庞大的军队，
立意去蹂躏伊奥尼亚人的国土①。
但我却未见过如此清晰的梦境，
就像昨夜里那样，我这就相告。
我梦见两个衣着漂亮的女子，
看其中一个身着波斯服式，
另一个身穿多里斯②式服装，
身材比现今的人们高大很多，
貌美无瑕，两人是同宗姐妹。
命运注定她们一个以希腊
为故邦居住，另一个生活在异邦③。
在我看来，她们互相发生了
某种争执，我的儿子知道后，
进行劝阻安慰，把她们双双
驾于轭下，用皮带系住颈脖。
其中一个以这种处境为荣耀，
让自己温顺地听从缰辔的约束；
另一个却极力挣扎，用手折断了

① 此处“伊奥尼亚人的国土”指希腊，特别指雅典城邦。

② 多里斯是希腊中部一地区。

③ 后者指居住在小亚细亚的希腊人，被波斯征服。

驾车的辕具，拖着大车迅跑，
挣脱了辔头，把辕轭折成两截。
吾儿被摔下车来，父亲大流士
怜悯地站在他身旁。他看见父亲，
疯狂地扯碎了自己身上的衣服。
这就是我昨夜里看见的那梦幻。
在我起床后，我用明澈的泉水
洗过双手，捧着献祭的礼品
站在祭坛前，虔诚地给禳灾的神明
敬献祭品，如习俗要求的那样。
这时我但见一只老鹰向福波斯的祭台
逃来，朋友们，我惊恐得默然肃立。
随即我又看见一只鹞鹰飞翔着，
展翅扑来，用利爪抓住老鹰脑袋。
那老鹰惊恐得趴下任敌人宰杀。
我见了这情景心中充满惊恐，
你们听了也惊惧。你们知道，
吾儿若得胜，那他会受人称羡；
他若失败，也无需承担责任；
他若能平安归来，仍然是国君。

歌　队

国母啊，我们不想用言词过分吓唬你
或者赞赏你。如果你梦见了什么恶兆，
那你应虔诚地祈求神明消灾禳难，
为自己，为孩子们，为城邦和所有的朋友，
祈求一切顺利。然后应该用蜜酒
向地神和众亡灵祭奠；真诚地感动
你的先夫大流士，你说夜间曾梦见他，
让他从地下把幸福送给世间的母子，

把不祥仍然牢牢地禁锢在昏暗的幽地。
这就是我对你发自内心的善意劝告，
我们但愿你一切都会顺遂圆满。

阿托萨

无论如何，你第一个为我释梦幻，
满怀善意地为我和宫廷说出这些话。
但愿一切顺利。你建议的祭奠事宜，
待我回到宫里，定当对神明和地下的
亲人们行礼如仪。可现在我很想知道，
朋友们，人们称说的雅典究竟在何方？

歌　队

远在我主赫利奥斯[1]下沉的地方。

阿托萨

那我的儿子为何还想占领那城邦？

歌　队

为了好让整个希腊都臣服于国王。

阿托萨

他们有怎样庞大的军队保护自己？

歌　队

那支军队曾给米底亚人[2]造成灾难。

---

① 赫利奥斯即太阳神。

② 这里的“米底亚人”泛指波斯人。米底亚人主要居住在里海南部，大流士时期成为波斯的一个省。

阿托萨

此外还有什么？家中有许多财富？

歌　队

他们有一种银子源泉，大地的宝藏[①]。

阿托萨

他们也善于挽弓施放锐利的箭矢？

歌　队

不，他们有近战的戈矛和护身的盾牌。

阿托萨

谁是他们的领袖，统率他们的军队？

歌　队

他们不是他人的奴隶，不听从于任何人。

阿托萨

他们怎么能抵御外邦进攻的敌人？

歌　队

他们甚至摧毁了大流士的众多精锐[②]。

阿托萨

你这话令出征士兵的父母们听了恐惧。

---

① 指劳里昂银矿。该银矿位于阿提卡南部，产量丰富，是雅典的重要财政来源。

② 指公元前490年的马拉松战役，希腊人打败了大流士的军队。

歌　队

我看你很快就可以知道一切真情，
因为有位波斯人跑来，我们可向他
打听确实的消息，不管是吉是凶。
　　（报信人匆匆跑上）

报信人

全亚细亚大地的所有城邦啊，
波斯国土，无数财宝的贮地啊，
怎么仅一击便摧毁了无穷的福运，
便使波斯人的花朵败落变凋零！
天哪，第一个报告凶信真苦啊，
波斯人啊，但仍需报告所有的
不幸——蛮族军队已全军遭覆灭！

歌　队

　　（第一曲首节）
不幸，不幸啊，这消息
　　凄惨，令人战栗，
波斯人啊，不幸啊，哭泣吧，
　知道这悲惨的灾难！

报信人

那里的一切确实就这样结束了，
未料想我自己却能侥幸地生还。

歌　队

　　（第一曲次节）
长久，长久啊，这样地

长寿，对于老年人
太长久，因为他不得不
听到这意外的灾难。

报信人

我却是身临其境，非道听途说，
波斯人啊，我可以向你们叙说这灾难。

歌　队

（第二曲首节）
可悲，可悲啊，我们那
庞大的混合军队，
徒劳地从亚细亚大地
去到希腊国土。

报信人

无数可怜地倒下的尸体充满了
萨拉弥斯及其附近的各处海滩。

歌　队

（第二曲次节）
可悲，可悲啊，你是说
我们亲人的遗体
在灰海上随波浪沉浮，
身着双层袍褂。

报信人

弓箭毫无用处，双方的战船
互相撞击，我们的军队遭覆灭。

歌　队

（第三曲首节）
为可怜的波斯人哭泣吧，
　　放声悲恸吧，
　　他们已全部死去，
天哪，大军彻底殒灭。

报信人

听见萨拉弥斯这名字便恨满心头，
啊，想起雅典城便不禁悲伤哭泣。

歌　队

（第三曲次节）
雅典城真令人痛恨哪，
　　人们会记住它，
　　它使许多波斯人
变成孤儿，成为孤孀。

阿托萨

我久久地沉默不语，惊恐于
这场灾难，因为这灾难重大得
使人难以说话或者细询问。
但凡人对各种不幸都得忍受，
那都是神明差遣。请控制感情，
说说那灾难，尽管悲伤不幸——
谁还没有死去，我们该哭悼
哪位将领？他受命统率军队，
却已死去，离开了自己的职位。

报信人

薛西斯本人还活着,看得见阳光。

阿托萨

你这话对于我的家庭有如
巨大的光亮,暗夜后的明亮白天。

报信人

统领万骑的阿尔滕巴瑞斯撞死在
西勒尼亚[①]无情的陡峭岩岸旁。
那统领千兵的达达克斯受矛击,
从战船轻轻一跃,掉进了海里。
大夏人的婚生首领特那贡现今
游荡于埃阿斯的层浪扑击的海屿[②]。
利莱奥斯、阿尔萨墨斯,还有
阿尔革斯特斯他们也被制伏,
正在饲鸽岛周围撞击着硬土[③]。
来自埃及尼罗河流水附近的
阿尔克透斯、阿杜埃斯和持盾的
法尔努科斯倒在同一条船上。
那克律塞[④]的马塔斯也已战死,
他统率一千步兵,三千黑骑,
临死时把他的浓密胡须染红,

---

① 西勒尼亚在萨拉弥斯岛的特罗佩昂海岬附近。

② "海屿"指萨拉弥斯岛。埃阿斯是传说中的萨拉弥斯王特拉蒙之子,曾参加特洛伊战争,以作战英勇著称。萨拉弥斯岛建有英雄的宙宇,并每年举行竞技赛会纪念他。

③ "饲鸽岛"指萨拉弥斯岛。有人认为指库普罗斯岛(今塞浦路斯),因为该岛东部有萨拉弥斯城,献给爱神阿佛洛狄忒养鸽子。然而该岛距海战战场遥远,因而似不可能。

④ 克律塞是小亚细亚特洛伊地区城市。

把皮肤也染成了血红的颜色。
阿拉伯人马戈斯和大夏人阿尔塔贝斯
也死在那里,成为那荒土的移民。
阿弥斯特里斯和擅长投掷重矛的
安菲斯特柔斯、令萨尔狄斯悲痛的
勇敢的阿里奥马尔多斯、密西亚人塞萨墨斯、
统率二百五十条战船的塔律比斯,
出生于吕尔涅索斯①,一位美男子,
全都不幸地死去,躺在那里。
叙埃涅西斯,勇敢者中的勇敢者,
基里基亚人的首领,他一人对敌人
便构成威胁,也已光荣地倒毙。
我虽给你们列举了这许多统帅,
但灾难无数,我只报告了一部分。

阿托萨

啊,我听到了最不幸的消息,
这是波斯人的耻辱和巨大悲哀。
现在请回到原先的话题告诉我,
希腊人竟然有那么多的船舰,
以至于胆敢和波斯人作战,
采用船舰撞击船舰的战术?

报信人

若按船舰数量,我们蛮族人
无疑强过他们。希腊人拥有的
战船总数约为三十的十倍数,
此外还有十艘精造的船舰。

① 吕尔涅索斯是特洛伊地区城市。

正如你清楚地知道，薛西斯却统率
战舰千条，此外尚有快船
二百零七条，这就是力量对比①。
你不会认为我们在这场战斗中
弱于对手，但神明却毁灭了军队，
使命运的天秤变沉重失去平衡。
神明们拯救了女神帕拉斯②的城邦。

阿托萨

这就是说雅典城没有被摧毁？

报信人

人民存在，这是最可靠的保障。

阿托萨

请你告诉我，海战如何开始？
战斗由谁发动，是由希腊人，
还是我的儿子，仗恃战船多？

报信人

尊贵的王太后，是由于出现了报仇神
或某个恶魔而开始了整个灾难。
有一个希腊人从雅典军中跑来③，
对你的儿子薛西斯这样报告，

---

① 希罗多德称，波斯军队有一千二百零七艘兵船，希腊方面为三百八十艘兵船和一些其他船只。

② 帕拉斯是雅典娜的别名。

③ 希罗多德详细地记载了这件事，这原是雅典统帅特弥斯托克勒斯的一个计谋。那位希腊人名叫西基努斯，是特弥斯托克勒斯的忠心奴隶，受特弥斯托克勒斯的派遣，去波斯军中传假情报，迷惑波斯人。

称说是日夜晚的昏暗降临时，
希腊人不会再留驻，他们会登船，
坐上划桨的长凳，各奔一方，
偷偷地逃跑，只求得救活命。
国王听完禀报后，未曾理解
那个希腊人的阴谋和神明的妒忌，
立即对所有的船长发布命令：
当太阳不再用光线烧烤大地，
昏暗笼罩苍穹的辽阔空宇时，
他们必须把船舰列成三排，
把住海口和波涛汹涌的海峡，
其他战船围住埃阿斯的岛屿①；
要是希腊人逃脱了悲惨的命运，
偷偷地为船舰找到逃跑的出口，
那时舰长们就会失去脑袋。
他这样命令，怀着喜悦的心情，
因为他不知道神明们的意图。
人们秩序井然地服从命令，
晚餐准备就绪，水手们个个
把划桨牢牢套上坚固的桨架。
待太阳的光芒终于彻底隐去，
黑夜降临，所有的兵士和划手
便火速登上船，个个全副武装；
长长的船舰列成队，互相召唤，
航行于海上，保持自己的方位。
各个舰长让舰上的所有人员
坚守自己的岗位，通宵不眠。
黑夜渐渐消逝，希腊军队

① 牛津本把第367行和第368行对调。

丝毫没有偷偷地开船离去。
当驾驭白马的白天重新照耀
整个大地,一切清楚地显现时,
首先从希腊军营发出了阵阵
高声呐喊,有如庄严地歌唱,
岛上的岩石发出冲天的回响。
蛮族人个个心中充满恐慌,
心智陷入迷茫,因为希腊人
唱起庄严的战歌并非为逃跑,
而是要精神激越地投入战斗,
号角声燃起每个人的战斗热情。
这时船桨喧嚣着拍击水面,
划手们按口令划动深深的海水,
很快地一切显现,清楚可辨。
他们的右翼首先航行在前,
阵势井然,整个舰队随后,
迅速航来,人们听见一片
宏亮的呼喊:“希腊子弟们,前进啊,
拯救你们的祖国,拯救你们的
妻子儿女、国家的祭坛庙宇、
祖先的坟茔,为自己的一切而战!”
我们的波斯语言声音嘈杂①,
回应他们,时机不可拖延。
铜饰的船艏立即互相冲撞,
一艘希腊船首先开始撞击,
撞坏了一条腓尼基船的后艄,
其他船舰也开始互相冲撞。
起初波斯舰队的溪流般阵线

① 波斯军队由许多民族组成,各操自己的语言,因而说话声音嘈杂。

尚能坚持，但当狭窄的海面
挤满了船只时，便无法互相救援，
且自己的战船的包铜船艏撞击起
自己的船舰，把整个桡架撞毁。
希腊船舰清楚地看出了时机，
围住我们攻打，一条条船舰
被仰面撞翻，大海看不见水面，
漂满了破船碎片和人的尸体，
海滩和礁石也处处布满了死者。
所有的船舰纷乱地划桨逃遁，
只要蛮族船舰上尚有人幸存。
希腊人如同拍打金枪鱼或落网小鱼，
用被折断的桨片或破碎的船板
打击、砍杀我们，呻吟和哀号声
浑然一片，响彻整个海面，
直到黑夜降临，遮住一切。
苦难无数，即使连续十天
不停地叙述，也难给你叙说完。
你可以明白一点，那就是从未曾
在一天之内有那么多人死去。

阿托萨

啊呀呀，辽阔无际的苦难大海
毁灭了波斯人和所有的蛮族人种。

报信人

你所知道的尚不及灾难的一半，
他们还遭受了如此巨大的不幸，
沉重得双倍于刚才述说的灾难。

阿托萨

还有什么灾难比这更可怕？
请告诉我，你看是什么灾难
远比这些更沉重，降临于军队。

报信人

波斯人中所有那些风华正茂、
心灵最勇敢、门第最为高贵、
对国王本人永远最忠心的人，
全都耻辱地、不光彩地死去。

阿托萨

朋友们，我真不幸，遭这样的灾难！
你倒说说，他们死于什么样的厄运中？

报信人

萨拉弥斯前面有一座海岛①，
面积不大，无适宜泊船的港湾，
潘神②好歌舞，常来到陡峭的岩岸前。
国王把他们派往那里，为的是
当溃败的敌人弃船登岛逃命时，
好截杀轻易可制伏的希腊军队，
同时可救援海峡中的友军登岸，
但国王对战斗的发展估算错误。
神明把海战的光荣赐给希腊人。
在这一天，希腊人周身披挂

① 该岛叫普绪塔勒亚，位于萨拉弥斯岛东侧。
② 潘神是山林之神。

精铜制作的铠甲,从船舰跳下,
把小岛围住,人们茫然无措,
何处可逃遁。敌人挥手掷来
无数的石块,从绷紧的弓弦飞出
密集的箭镞,把我们成批杀死。
最后敌人一起呐喊着冲来,
凶猛地砍杀不幸的人们的肢体,
直到把所有的波斯人全都杀光。
薛西斯看见这灾难,不禁号啕,
因为他当时坐在海岸旁的山顶,
从那里可清楚地看见全军激战。
国王扯破了王袍,放声大哭,
立即命令在陆上作战的军队
纷纷退却。除了上述不幸外,
这就是你应该悲叹的惨痛灾难。

阿托萨

啊,可恨的潘神,你竟然成功地
蒙骗了波斯人的意愿。吾儿遭到
光荣的雅典人的惨痛报复,难道
蛮族人在马拉松还未足够地遭杀戮!
我的儿子本想去报仇雪耻,
结果却为自己招来这许多不幸。
请你告诉我,你是在何处离开了
幸免于难的船只?请你说清楚。

报信人

那些幸免于难的船舰的舰长们

赶紧顺着风向①,混乱地逃窜。
其余的军队在波奥提亚人②的地域
遭到覆灭,他们有的在甘泉边
忍渴受折磨,有的艰难地喘息着,
徒然地经过福基斯③人的国土,
多里斯人的土地和墨利斯海湾④,
斯佩尔克奥斯河⑤灌溉那里的平原。
然后阿开亚大地的辽阔平原
和特萨利亚城市接待了我们,
我们受尽了饥饿。许多人在那里
死于饥渴,当时饥渴并存。
我们来到马格涅西亚⑥地域
和马其顿国土,经过阿克西奥斯渡口⑦、
波尔柏芦沼、潘盖奥斯山⑧
和埃多尼斯⑨土地,神明在那天夜里
让冬寒提前到来,封冻了圣洁的
斯特律蒙河⑩水。先前从没有
向神明虔诚地祈求习惯的人们
这时却向大地和苍天顶礼膜拜。
军队反复地祈求神明之后,
开始通过业已封冻的河面。

---

① 据希罗多德说,当天午后刮起了西风。
② 波奥提亚地区在阿提卡北边。
③ 福基斯在波奥提亚西边。
④ 墨利斯海湾在特萨利亚东部。
⑤ 斯佩尔克奥斯河由西向东流经特萨利亚南部,注入墨利斯海湾。
⑥ 马格涅西亚是特萨利亚东部海滨地区。
⑦ 阿克西奥斯河流经马其顿东部,注入爱琴海。
⑧ 波尔柏河在马其顿东部,岸边多沼泽。潘盖奥斯山在波尔柏湖东北方。
⑨ 埃多尼斯在马其顿东部,与特拉克(色雷斯)接壤。
⑩ 斯特律蒙河是马其顿和特拉克的界河。

我们中那些在神明射出光芒前
越冰渡过河道的人保全了生命。
待太阳的光轮发出明亮的光辉,
燃起炽烈的火焰,融化了冰道,
士兵们便紧挨着纷纷掉进河水里①。
那些很快便断了气的人倒也幸运。
其余幸免于难地存活的人们,
经受种种艰难,穿过特拉克,
仓皇地逃窜,人数寥寥无几,
返回故土,好让波斯人的首都
悲痛哭泣,盼望国家可爱的青年。
这一切完全是真实,神明降给
波斯人的灾难,有许多我还未说及。

歌队长

你这降福的恶神啊,你用双脚
多么沉重地践踏了全波斯种族!

阿托萨

我真不幸啊,波斯军队已覆没!
昨夜我所见到的清楚的梦兆啊,
你非常清楚地显示了种种灾难。
(对长老们)
你们都非常虚谬地解释了那梦幻。
不过既然你们那样地解释它,
因而我想首先去祈求众神明,
然后从宫里出来,带来麦饼,
那些献给地神和亡魂的祭品,

① 历史上未见有此记载。

我知道已发生的事情无法挽回，
唯愿其余的事情能吉祥如意。
面对发生的不幸，你们应该
仔细商量，提出忠心的建议。
如果我儿子先于我回到这里，
请你们劝慰他，把他送进宫去，
免得他在这些不幸上又添新不幸[1]。

（阿托萨下）

（三）

第一合唱歌

歌　队

主神宙斯啊，你如今毁灭了
心灵高傲、人口众多的
　　波斯人的大军，
让苏萨都城和阿格巴塔纳
　　笼罩在昏暗的悲哀里。
无数妇女[2]用手扯碎了
　　柔软的头巾，

---

① 指薛西斯可能自杀。
② “无数妇女”亦可理解为“无数母亲”。

泪水浸湿了胸前的衣裙，
承受着巨大的痛苦。
波斯妻子们温柔地哭泣，
盼望重见新婚的夫君，
他们离开柔软的婚床，
抛下温柔的青春欢乐，
使她们悲泣不断无尽头。
我也怀着深深的悲哀，
哭悼出征者的苦命。

（第一曲首节）
现在整个亚细亚大地
满目荒凉，悲伤地哭泣。
啊，薛西斯劳师远征，
啊，薛西斯毁灭了全军，
薛西斯依仗强大的舰队，
悲惨地造成了这一苦难。
大流士为何能如此
安然无恙地统治？
善挽弓的人们的首领，
苏萨人的敬爱的领袖。

（第一曲次节）
由有一对灰蓝色眼睛①，
航行快速的船舰载着，
天哪，水陆大军远征，
啊呀，船舰完全遭毁灭，
它们被撞击，被彻底摧毁，

① 指船头绘着的双眼。

毁灭在伊奥尼亚人的手下。
我们听说那国王
好容易才得逃脱，
　　沿着那特拉克原野，
　　沿着那艰难的道路。

　　（第二曲首节）
天哪，那些由命运注定，
必然会倒在那里的人啊，
尸体仍在库克瑞斯[①]的
海岸边漂浮。悲叹吧，哭泣吧！
啊，放声地痛哭吧，
　　让哭声传入高高的云头！
痛哭吧，让如注的泪水
　伴和凄惨的哭泣！

　　（第二曲次节）
天哪，凶暴的大海摧残着
他们的尸体，纯洁的海水啊，
让无声的子女把它们撕碎。
家家在悲叹失去男儿，
啊，孤独的双亲啊，
　　悲叹这神明遣来的不幸，
老人啊不停地哀叹，
　　听说这巨大的灾难。

　　（第三曲首节）
生活在亚细亚大地的人民啊，

---

① 库克瑞斯是萨拉米斯岛的古王。

不再会听从波斯统治，
也不再会被迫不得已地
向残忍的暴君交纳贡赋，
不再会恭顺地匍匐地面，
惊恐地向国王表虔敬，
　　因为王权已崩倾。

　　（第三曲次节）
人们不会让自己的舌头
再受羁绊，人民从此会
自由地发表种种议论，
既然暴力的枷轭已解除。
埃阿斯的被海水环抱、
受血染的岛屿用泥土
　　埋葬了波斯的一切。

（四）
第二场

　　（阿托萨由宫内重上，侍女们手捧祭品随上）

阿托萨

朋友们，凡是经历过灾难的人们，
都会凭经验知道：当灾难的风暴

降临凡人时，一切都令人恐惧；
当神明令他顺心时，人们会认为，
命运会永远把顺利给予他们。
今天一切对于我也充满了恐惧。
我的双眼看到的是神明的敌意，
我的双耳听到的是悲惨的哭泣，
灾难的恐怖袭击着我的心灵。
我现在没有乘车辇，也无惯有的
豪华伴驾，重新步行出宫来，
她们手捧献给我孩子的父亲的
各种祭品，它们能安抚亡灵，
有来自纯洁的母牛的美味白乳，
透明的蜜液，蜜蜂辛劳的成果，
用取自贞泉的洁净泉水调和；
还有野外的母亲的清纯汁液，
年代久远的葡萄枝蔓的精粹；
还带来常年枝叶繁茂地生长、
芬芳馥郁的青绿橄榄树的果实，
用丰饶的大地的子女编制的花冠。
朋友们啊，现在请你们咏唱歌曲，
为即将对下界亡灵举行的酹奠，
召请大流士的亡魂，当我把这些
由大地吮吸的祭品奠给地神时。

（五）

第二合唱歌

歌　队

尊贵的王太后啊，波斯人民的至尊，
请把祭品奠给下界的居处，
我们将唱起颂神歌曲，
祈请伴送亡灵去下界的
　　神明们垂赐恩惠。

神圣的统治冥界的众神明啊，
地神，赫尔墨斯和亡灵的主宰，
请把亡魂从地下放回阳世，
凡人中唯有他知道拯救的办法，
请他指点我们消弭这灾难。

　　（第一曲首节）
我们的那位常乐的，
与神明同尊的国王啊，
可听见我这清晰的、
用蛮语发出的凄惨的、
充满忧伤的歌声？

可还需要我大声悲诉?
　　他从地下真能听见?

　　(第一曲次节)
地神和所有其他的
掌管冥间的众神明啊,
请从冥府放回
高傲的先王的英灵,
波斯苏萨的神明!
请把他放回吧,波斯人从未把
　他这样英武的首领埋葬。

　　(第二曲首节)
可敬的国王,可敬的坟茔,
里面埋葬着可敬的人物。
冥间之主啊,冥间之主啊,
请放送魂灵返回阳世,
啊,请放回唯一的大流士主上[①]。

　　(第二曲次节)
他没有挑起带来恶果的
屠戮人的战争祸殃人民,
波斯人称他是神明般明君,
他确实如神明般地英明,
啊,他曾经明智地统率军队。

　　(第三曲首节)
主上啊,先世的主上,

---

① 去到冥间的亡魂一般是不可能返回阳间的。

出来吧，请你快出来，
　　升上坟茔的高高顶盖，
　　足登橘黄色厚底平靴，
　　显出你王冠上
　　那精美的顶饰。
啊，请你慈善的主上大流士快显灵！

　　（第三曲次节）
主上啊，王者之王上，
显现吧，为让你听到
　　新近遭受的悲惨灾难，
　　斯提克斯昏冥降临我们，
　　举国的男儿们
　　已全部遭毁灭①。
啊，请你慈善地让大流士快显灵！

　　（末节）
啊，啊，
你那永远令亲人悲伤的故去，
主上啊，主上啊②，
我们怎么遭到这双重的失利③？
　　这块大地的所有
　　三排桨船舰已覆没，
我们的舰队彻底倾覆遭毁灭④。

① 第666—670行原文为四行。
② 第671—675行原文为四行。
③ 此行原文严重异读，意义费解。
④ 第676—680行原文为四行。

（六）

第三场

（大流士的魂灵由墓穴出现）

大流士

我最忠心的青年时期的同龄人，
波斯元老们，国家遭受何灾难？
国家在捶胸哭泣，大地在战栗。
我看见王后惊恐地站在坟墓旁，
我心怀仁慈地接受了她的祭奠。
你们也站在墓碑近前悲痛欲绝，
恸哭着放声祈求我地下的亡魂，
满怀忧伤地召请我。返回阳世
并非易事，因为冥土的神明们
乐意把亡魂取走，而不是放回。
我仍然为王于众魂灵，才得回返，
只是请你们快说，别延误时辰：
究竟什么新灾难降临于波斯人？

歌　队

（首节）

我害怕迎面看见尊容，

我害怕和你对面说话，
我仍如你为王时畏惧你。

大流士

我既然听从你的呼喊，从下界前来，
那就请你用简明的语言，勿要絮叨，
把一切告诉我，对我不要有什么畏惧。

歌　队

（次节）
我难以满足你的愿望，
我难以当面对你说明，
向朋友叙说不快的事情。

大流士

既然旧有的畏惧占据着你的心灵，
（对王后）
尊敬的夫人，我的卧榻的共同拥有者，
请停止悲恸哭泣，请你明白地告诉我。
凡人必然会遭受人间常有的祸患。
海中陆上的不幸都会降临于他，
只要他延续生命，在世上活得更长久。

阿托萨

凡人中享有最最美好的福运的人啊，
当你幸运地活着看见太阳的光辉时，
你享受幸福的生活，波斯人视你如神明，
现在我羡慕你故去，未看见灾难的深渊。
大流士啊，片刻间你便可听完整个故事，
据说波斯人的威力已经彻底遭毁灭。

大流士

怎么回事？是发生了瘟疫，或国内纷争？

阿托萨

都不是。我们的军队在雅典城外遭覆灭。

大流士

请说说，我们的哪个儿子进行的战争？

阿托萨

是暴烈的薛西斯，他毁掉了整个大陆。

大流士

他是从陆上还是从海上干了这蠢事？

阿托萨

从两个方面，他让军队水陆并进。

大流士

他怎么能把如此庞大的陆军渡过去？

阿托萨

他设法连接起赫勒海峡，建起通途。

大流士

他竟成功地锁住了宽阔的牛津海峡①？

---

① 诗人在这里似乎把赫勒海峡和牛津海峡视为一条海峡。

阿托萨

是这样，他定然是受某个神明的蛊惑。

大流士

啊，这是位强大的神明，竟使他发狂。

阿托萨

事实表明，那神明能制造怎样的灾难！

大流士

究竟是什么不幸，使你们如此悲伤？

阿托萨

海军惨遭覆没，危及陆军遭倾覆。

大流士

难道我们的大军全都死在长矛下？

阿托萨

因此整个苏萨城哭泣自己成空城。

大流士

可怜啊，我们的勇敢的军队和我们的盟军。

阿托萨

大夏人全都倒下了，连一个老兵都没留。

大流士

不幸的人啊，他损折了这样好的友军！

阿托萨

听说薛西斯孤单地带着很少的军队——

大流士

在何处怎样遭覆灭？有没有拯救的希望？

阿托萨

他幸运地回到连接两块大陆的长桥。

大流士

并且平安地回到大陆，这消息可靠？

阿托萨

是这样。消息已经证实，确实无疑。

大流士

啊，预言的事情迅速得到应验，
宙斯把命定的事情应在我儿子身上，
我原想需很久之后神明才会让它实现。
凡人自己想遭殃，神明襄助他实现。
现在灾难的洪流降临于我的亲人们。
我儿子年轻气盛，糊涂地干了蠢事。
他竟想用镣铐锁住神圣的赫勒海峡
和神明的牛津水流，使它们屈服于奴役；
他改造海峡，把铁制的镣铐抛过水流，
为他的大军建造了一条宽阔的通途。
他作为一个凡人，却狂妄地想同众神明
和波塞冬争高低。我儿子岂不是神经癫狂，
才干下这些事情？我担心我费尽辛劳，

为人民积聚的财富会被抢先下手者掠去。

阿托萨

暴烈的薛西斯与那些奸邪之人往来，
干出了这些事情。他们说你用枪矛
为儿子们积聚财富无数，而他却胆怯地
在宫里挥枪矛，丝毫未增加先辈的财富。
他常常听见邪恶之人这样责备他，
才决心建造那条通道，向希腊进军。

大流士

他们因此干出了这种骇人的、
令人永远难忘记的愚蠢事情，
苏萨城从未经受过这样的凄凉，
自从主神宙斯赐我们荣耀，
让养育羊群的全亚细亚大地
归一人统治，由他执掌权杖。
第一位军事统帅是那墨多斯①，
他的儿子完成了父亲的事业，
因为他善于让理智支配心灵。
他之后第三位国君是幸运的居鲁士，
他掌权统治时给人民带来和平。
他占领了吕底亚和弗律基亚，
用暴力征服了整个伊奥尼亚②。
神明从不憎恶他，因为他聪慧。
居鲁士之子成为第四位统帅③，

① 历史上查无此人。

② 居鲁士于公元前558—前529年在位。此处“征服伊奥尼亚”指征服居住在小亚细亚的希腊人。

③ 指冈比西斯，公元前529—前522年在位。

第五位统治者是马尔多斯[1],乃国家
和古老朝廷的耻辱。他被高贵的
阿尔塔弗涅斯和朋友们一起密谋,
杀死在宫里,尽了他们的责任。
　　(第六位是马拉菲斯,第七位是阿尔塔弗涅斯)[2]。
我拈得了阄,那正合我的愿望[3],
我也曾率领大军不断征讨,
但未让国家遭受这样的灾难。
我儿薛西斯正值年轻气盛,
把我的教诲忘得一干二净。
你们都清楚,我的同龄人啊,
在我们掌握国家权力的时候,
我们从没有造成这样的灾难。

歌队长

大流士王上,你这些话是何意?
想导出什么结果?波斯人民
怎样才能摆脱目前的灾难?

大流士

你们对希腊切勿再发动战争,
不管米底亚人的军队多么强大。
他们的国土就是他们的盟军。

---

① 马尔多斯是巴提兹特斯的变名,他冒冈比西斯之弟斯墨尔狄斯之名篡得王位。

② 波斯历史上并无此二位国王,大流士在冈比西斯之后接位。当时共有七位贵族共谋杀死巴提兹特斯,也许这里原指第六位和第七位谋杀者。由此,此行或为假冒,或原文此处有残缺。

③ 大流士是七位共谋者之一。共谋者用拈阄方式决定谁享有王位,结果大流士拈得。

歌队长

你怎么这样说？国土怎么战斗？

大流士

它能用饥饿杀死无数军队。

歌队长

我们可以遴选精锐的军队。

大流士

就是现在留守希腊的军队①，
也不可能安全地归返故乡。

歌队长

你说什么？蛮族人的军队全都
不可能从欧洲越过那赫勒海峡？

大流士

只有很少可能生还，如果我们
应相信神示，看看目前的现实：
神示非有的应验，有的不应验。
既然如此，他留下精良的军队，
也是让自己相信了空洞的希望。
那军队留在阿索波斯河水灌溉的
原野，流水使波奥提亚变肥沃。
他们在那里会遭受巨大的损失，
惩罚他们的傲慢和亵渎行为，

① 波斯军队被击溃退却时，仍留下三十万军队由马多尼奥斯率领，驻守希腊。

因为他们去到希腊国土后，
竟然抢劫神像，焚毁庙宇，
祭坛被彻底捣毁，神明们的雕像
从座基被推翻，混乱地倒在地上。
他们如此作孽，遭到的惩罚
同样严厉，有许多正等待他们，
苦难的源泉尚未枯竭，正流淌。
多里斯人的矛尖下的巨大血祭
将会出现在普拉泰亚①的大地上，
一堆堆尸体将会用人的鲜血
给第三代后人进行无声的告诫：
凡人切不可自作聪明过分。
高傲开花会结出灾难的穗子，
夏季收获的只能是巨大的悲伤。
你们看见了对高傲行为的惩罚，
现在请你们记住雅典人和希腊，
任何人都不要鄙视现有的幸福，
贪求他人的幸福会更多地遭殃。
宙斯是无情的惩罚者，严厉的判官，
他无情地惩罚心灵傲慢的人。
因此请你运用自己的丰富智慧，
用有益的劝告规劝我那个儿子，
要他放弃狂傲，避免遭神谴责。
现在请你，薛西斯的慈祥的老母啊，
进宫去取件高贵得体的服装，
拿来迎接儿子，因为他由于
悲痛遭到的失败，已把他那身

① 普拉泰亚在波奥尼亚境内，马多尼奥斯的军队于公元前 479 年在那里被击溃。“多里斯人”指斯巴达人。斯巴达人在那次战斗中发挥了重要作用。

斑斓的绣花王袍扯成碎片。
并请你对他耐心地好言相劝，
因为我知道，他只愿听从你一人。
我现在就要返回地下的昏暗里。
再见，长老们，愿你们虽然遭不幸，
但仍能让心灵时时享受欢乐，
因为财富对于亡故者毫无用处。

（大流士的魂灵隐退）

歌　队

蛮族人业已遭受和还会遭受
多少苦难啊，我听了实在痛苦。

阿托萨

神明啊，这许多如此沉重的苦难
一起袭向我，最最令我伤心的是
我听说儿子现在竟衣不蔽体，
身上披裹着不体面的破烂衣服。
我现在就进宫去，从里面取来
得体的王袍，为迎接我的儿子。
我们不能在亲人患难时将他抛弃。

（阿托萨下，进宫）

（七）
第三合唱歌

歌　队

（第一曲首节）
天哪，我们曾经享受过
美好、高尚的国家生活，
当那仁慈、善良的、
战争中无坚不摧的、
与不朽的神明同尊的
先王大流士统治国家时。

（第一曲次节）
昔日我们东征西讨，
威名盖世，以坚如堡垒的
王法治理全邦国，
将士们从战场归返，
全不知艰辛和痛苦，
得胜凯旋返家园。

（第二曲首节）

国王从未渡过哈吕斯河①，
从未离开过宫廷社灶，
便占领过那么多城市：
如斯特律蒙河入海处，
阿克洛伊得斯诸城邦，
特拉克人的居地的近邻②；

（第二曲次节）
又如那位于大海那边，
城垣护卫的陆上城邦
也都顺从国王的统治，
和位于赫勒的宽阔海峡旁的
诸城市，普罗蓬提斯海③，
蓬托斯海④入口处的辽阔地域；

（第三曲首节）
还有那海中的陆岸⑤近旁
众岛屿，被荡漾的海水拍击，
距我们居住的大陆不远，
有勒斯博斯和适宜种植
常青橄榄的萨摩斯、希奥斯
和那帕罗斯、纳克索斯、
米科诺斯与特诺斯岛
相距不远的安德罗斯。

---

① 哈吕斯河由东向西流经小亚细亚北部，然后向北注入黑海。
② 第866—870行及以下的第871—875、876—880行原文为四行。
③ 普罗蓬提斯海或译前海，即今马尔马拉海。
④ 蓬托斯海即今黑海。
⑤ “海中陆岸”指伸入爱琴海中的小亚细亚半岛。

（第三曲次节）
国王还拥有近海各岛屿，
横卧于两块大陆之间，
利姆诺斯、伊卡罗斯坠海处[1]
以及罗得斯、克涅多斯、
库普罗斯城邦帕福斯、
索洛斯和萨拉弥斯，
与现在成为我们无数
悲痛的根源的同名城市。

（末曲）
希腊人的伊奥尼亚地区的
人口众多的富裕城市，
也由国王如意地统治。
他拥有一支不朽的军队，
由无数武装精良的将士
和各地招募的盟军组成。
现在我们无疑遭受到
天神遣来的相反的厄运，
海战遭受的严重打击
使我们在这场战争中
彻底被制伏。

① 第886—890行及以下的第891—895、896—900行原文为四行。

(八)
退　场

（薛西斯带少数残兵败将上）

薛西斯

啊，天哪，天哪，我真不幸，
遭受了如此可怕的沉重打击，
这是残酷的天神无情地惩罚
波斯种族。我还需怎样忍受？
现在我的双膝已软瘫无力。
当我看见这些同龄的国民，
宙斯啊，但愿我当时曾同那些
倒在战场的人们一起，
　　早已被死神埋葬。

歌队长

国王啊，我们惋惜高尚的军队，
惋惜波斯帝国往日的荣光，
惋惜那些优秀的将士，
　　他们已被恶神杀死。

（引曲）

大地哭悼它生育的青年，
他们为薛西斯丧失了性命，
冥间充满了波斯亡魂。
许多将士，国家的花朵，
挽弓射箭的能手，无数个，
千千万万的人被杀死。
啊，可怜哪，勇敢的人们！
一国之主啊，看亚细亚大地，
可怕啊，可怕啊，
　　已经屈下膝头。

薛西斯

　　（第一曲首节）
啊，我是一个可怜人，
我生来就是个不幸人，
　　民族、国家的灾难。

歌　队

为迎接你的归来，
我要发出不祥的呼唤，
我要发出凄惨的悲恸，
　　用马里安迪诺伊人[1]的悼亡曲，
我要发出，我要发出
　　饱含泪水的哭喊。

薛西斯

　　（第一曲次节）
啊，你们悲惨地呼喊吧，

---

① 马里安迪诺伊人居住在小亚细亚西北部、黑海岸边的比提尼亚地区。

你们凄怆、哀戚地呼喊吧，
　　这是神明报复我。

歌　队

我这就悲痛地哭泣，
哭泣你的种种不幸，
哭泣海上遭受的苦难，
　　哭泣悲怆的国家的男儿们，
我要悲哭，我要悲哭，
　　充满泪水的哭悼。

薛西斯

　　（第二曲首节）
伊奥尼亚人[1]杀了他们，
伊奥尼亚人的舰队，
决定胜负的阿瑞斯，
他们在昏暗的海上和岸滩，
　　宰杀了不幸的人们。

歌　队

快哭吧，快向他打听一切。
你的其他朋友在哪里？
你的亲近将领在哪里？
例如法兰达克斯、苏萨斯、
佩拉贡、多塔马斯、阿拉达巴塔斯、
普萨弥斯、阿格巴塔纳的苏西斯卡涅斯，
　　你把他们留在哪里？

---

① 泛指希腊人。

薛西斯

（第二曲次节）
他们已经被杀死，
从提尔[1]海船落水，
我把他们留在
萨拉弥斯海边任意沉浮，
撞击坚硬的岩壁。

歌　队

你的法尔努科斯在哪里？
勇敢的阿里奥马尔多斯在哪里？
修阿尔克斯国王在哪里？
还有高贵的利莱奥斯、
门菲斯、塔律比斯、马西特拉斯、
阿尔滕巴瑞斯和许斯特克马斯，
请说说他们又在哪里？

薛西斯

（第三曲首节）
啊，啊，不幸啊！
他们遥望那古老的雅典，
可憎的雅典，仅仅一次打击，
天哪，便全都可怜地躺在海滩抽搐。

歌　队

你是不是把那个波斯人，

---

① 提尔是腓尼基古城，位于地中海岸边。

你的忠诚的耳目之官[1]，
千百万雄师的计数者，
巴塔诺科斯之子阿尔皮斯托斯，
[……][2]
把塞萨墨斯之子、墨伽巴特斯之子、
帕尔托斯、伟大的奥伊巴瑞斯
丢在那里，丢在那里？
啊，啊，可怜啊！
你是在向高贵的波斯人叙说这无穷的灾难[3]。

薛西斯

（第三曲次节）
啊，啊，不幸啊！
你激起我怀念我那些
勇敢的同伴，提起这无穷的灾难。
啊，我的心在胸中为不幸人痛苦地悲伤。

歌　队

我们还思念其他将领，
有统率上万马尔多伊人的
克珊特斯、好战的安卡瑞斯
和狄艾克西斯、阿尔萨克斯，
两位著名的马队统领，
还有克格达达斯、吕提姆那斯，
对矛枪从不厌倦的托尔马斯。
我感到奇怪，我感到奇怪，

---

① 波斯国王设有此官职，向国王报告听到的一切消息。
② 原文此处残缺。
③ 第986—990行原文为四行。

在你的车辇周围，
我看不见他们，不见他们随后。

薛西斯

（第四曲首节）
因为这些将领全都离去了。

歌　队

他们离去了，啊，不光彩的离去。

薛西斯

啊，啊，不幸啊，不幸啊！

歌　队

啊，啊，神明们啊，
你们遣来这意外的灾难，
　阿塔注视着它降下。

薛西斯

（第四曲次节）
厄运打击了我们，永世难忘。

歌　队

厄运打击了我们，啊，显而易见。

薛西斯

啊，啊，不幸啊，不幸啊！

歌　队

我们在不利的时机，

陷入与伊奥尼亚海军的战斗，
　　不利于波斯人的战斗。

薛西斯

　　（第五曲首节）
一场不利于波斯人的战斗，
使我损失了庞大的军队。

歌　队

不仅如此，还损失了波斯帝国。

薛西斯

请看这就是我的王袍的残余。

歌　队

我看见，我看见。

薛西斯

还有这箭袋——①

歌　队

你说还剩下什么？

薛西斯

一只装箭的口袋。

歌　队

那许多东西，只剩下一点点。

---

① 第1016—1020行原文为四行。

薛西斯

我们失去了军队。

歌　队

伊奥尼亚人不畏惧战斗。

薛西斯

（第五曲次节）

伊奥尼亚人作战很勇敢，
我未想到这意外的灾难。

歌　队

你这是说我们的海军的倾覆？

薛西斯

灾难临头，我撕破了这身王袍。[1]

歌　队

不幸啊，不幸啊！

薛西斯

一场灾难。

歌　队

两倍、三倍的灾难。

---

① 第1026—1030行原文为四行。

薛西斯

敌人高兴得发狂。

歌　队

我们的强大军队被击溃。

薛西斯

我失去了所有的随从。

歌　队

海战失败，失去了朋友。

薛西斯

（第六曲首节）

哭吧，哭泣这灾难，哭着回家去！

歌　队

啊，不幸啊！啊，不幸啊！

薛西斯

请用哭泣回答我的哭泣。

歌　队

痛苦人给痛苦人的痛苦礼物。

薛西斯

痛哭吧，和我同声痛哭。

歌　队

啊呀，啊呀！

啊,这沉重的苦难,
啊,这深沉的悲哀!

薛西斯

(第六曲次节)

哭吧,捶胸痛哭吧,快为我悲哭!

歌　队

啊,我泪水如注地痛哭。

薛西斯

快用哭泣回答我的哭泣。

歌　队

我的主上啊,我正在悲恸哭泣。

薛西斯

哭泣吧,现在请放声痛哭。

歌　队

啊呀,啊呀!
啊,捶打黑色的胸膛,
啊,呻吟着不断捶击!

薛西斯

(第七曲首节)

捶胸痛哭吧,用密西亚音调呼喊。

歌　队

啊,痛苦啊!啊,痛苦啊!

薛西斯

扯乱你们的灰白胡须。

歌　队

我们正哭泣着扯乱它。

薛西斯

快尖声呼喊着哭泣！

歌　队

我们正尖声呼喊哭泣。

薛西斯

（第七曲次节）

快伸手撕破胸前的衣服。

歌　队

啊，痛苦啊！啊，痛苦啊！

薛西斯

快扯乱头发悲悼军队。

歌　队

我们正哭泣着扯乱它。

薛西斯

快哭湿你们的双眼。

歌　队

我们正把双眼哭湿。

薛西斯

（末曲）

请用哭泣回答我的哭泣。

歌　队

啊，不幸啊！啊，不幸啊！

薛西斯

大声哭泣着回家去吧！

歌　队

啊，啊，波斯大地行路难[1]。

薛西斯

让你们的哭声响彻城市。

歌　队

让哭声响彻城市，啊，啊！

薛西斯

请你们放声哭泣，轻移步履。

歌　队

啊，啊，波斯大地行路难。

薛西斯

啊，啊，那些死在三排桨船上的将士啊！

---

① 后半行疑为伪作。第 1066—1070 行原文为四行。

歌　队

我悲戚地哭泣着伴你回宫去!

（歌队伴薛西斯回宫，众下）

普罗米修斯

埃斯库罗斯 著

王焕生 译

场次

1 **开场**
第1—126行

2 **进场歌**
第127—195行

3 **第一场**
第196—398行

4 **第一合唱歌**
第399—435行

5 **第二场**
第436—525行

6 **第二合唱歌**
第526—560行

7 **第三场**
第561—886行

8 第三合唱歌

第887—906行

9 退 场

第907—1093行

人物

威力神

暴力神

赫菲斯托斯

火神兼匠神

普罗米修斯

以宙斯为首的奥林波斯神系之前的提坦神[①]

歌队

由奥克阿诺斯的女儿们组成

奥克阿诺斯

提坦，长河神[②]

---

① 普罗米修斯是伊阿佩托斯和忒弥斯之子。忒弥斯是天神乌拉诺斯和地母盖娅的女儿，一位提坦女神，司法律、秩序、预言等。一说普罗米修斯是伊阿佩托斯和克吕墨涅或阿西娅的儿子。埃斯库罗斯持前说。"普罗米修斯"名本意为"预知"，因为普罗米修斯有预言能力，能预知未来。

② "长河"指环绕大地的水流。古代希腊人认为大地如一块圆饼，周围为水流环绕，这水流称为奥克阿诺斯。后代西方语言中"洋"一词即由此而来。

伊奥

阿尔戈斯王伊纳科斯的女儿

赫尔墨斯

神使

地 点

高加索山

时 间

神话时代

(一)
开　场

（威力神和暴力神押解普罗米修斯上，赫菲斯托斯手持铁锤、铁链等随上）

威力神

我们终于来到这大地遥远的去处，
斯基泰人[①]的地域，渺无人烟的荒漠。
赫菲斯托斯，现在你须得执行命令，
那是父亲[②]对你的嘱托，要你把他，
这狂妄的家伙，钉上高峻陡峭的山崖，
用坚牢的金属[③]制成的镣铐，无法摆脱，
因为他竟然把你的宝物，那适用于
各种技艺的火焰光辉盗取给人类。
为这罪过，他理应遭受天神们的惩处，
让他从而学会应该服从宙斯的
无限权力，不再做袒护人类的事情。

---

① 斯基泰人居住在黑海东北部，里海以西，顿河下游一带，游牧。古希腊人把此处视为大地的极远尽头。

② “父亲”指宙斯。宙斯为众神之父，赫菲斯托斯由宙斯和赫拉生。

③ “坚牢的金属”或译为“铁”，原意为“一种不可摧毁的物质”，指铁等。有解为“金刚石”，后代西方语言中“金刚石”一词即由此而来。

赫菲斯托斯

威力神和暴力神啊，宙斯给你们的命令
你们业已完成，再不会有什么阻梗，
而我却于心不忍，把一位同宗神明①
强暴地交给这寒风呼啸的绝壁。
可是我又不得不鼓起勇气去执行，
蔑视父亲的指令是件严重的事情。

（对普罗米修斯）

善作规劝的忒弥斯的高傲儿子啊②，
我将悖逆你我的心愿，用铜链③缚住你，
把你钉上这块荒无人迹的绝壁，
你会再也听不到任何人声，看不见
任何人影，烈日的火焰会把你烤焦，
改变你皮肤的颜色，能给你欢乐的只有
衣袍灿烂④的暗夜，将为你遮住日光，
和那朝阳，将为你重新驱除晨霜。
你面临的沉重灾难会一直把你折磨，
因为你的解救人至今还没有降世。
你遭受这些惩罚，只因为你爱护人类，
你自己也是位神明，竟不怕众神愤怒，
把神明们的荣耀送给凡人，违反常律，
因此得守卫这不能给人快乐的悬崖，
垂直地站立，不得睡觉，也不能弯膝；
你将会发出许多无谓的嗟怨和感叹，
须知宙斯的心智不会被请求感动，

---

① 按照神谱，赫菲斯托斯是普罗米修斯的晚辈。

② 赫菲斯托斯惋惜普罗米修斯虽由忒弥斯所生，但做事鲁莽。

③ “铜链”也可泛指镣铐。

④ “衣袍灿烂”指夜空璀璨的繁星。

所有新的得势者都那样严厉凶残[1]。

威力神

就算是这样！那你为什么还在拖延？
为什么不厌恶这位与众神为敌的神明？
尽管他曾经把你的圣物偷赠给人类。

赫菲斯托斯

亲缘关系或共同的生活力量强大。

威力神

我赞同你的看法，可是又怎能不听从
天父的命令？你不认为那样更可怕？

赫菲斯托斯

你总是那样强暴，那样冷酷无情。

威力神

你为他吟唱挽歌全然是徒劳无益，
不要枉然地为无谓的事情白费辛苦。

赫菲斯托斯

啊，这行实在可恨之至的手艺啊！

威力神

你为什么憎恶你的手艺？实在说来，
你眼前的烦恼并非由于你的技艺。

---

① 指宙斯在众神帮助下，推翻其父克罗诺斯的统治，成为天界的统治者。

赫菲斯托斯

但愿它曾被注定由哪位别的神操持!

威力神

所有的手艺都这样,除非统治众神明,
任何人都不能自由自在,除了那宙斯。

赫菲斯托斯

这些我知道,我完全同意你的高论。

威力神

那你还不赶紧用镣铐把他缚住,
免得天父看见你在这里拖延时辰。

赫菲斯托斯

你看,这里手铐业已准备就绪。

威力神

把镣铐套上他的手腕,举起铁锤,
使劲敲打,把他牢牢地钉上山崖。

(威力神和暴力神按住普罗米修斯的手脚,赫菲斯托斯开始把普罗米修斯钉上悬崖)

赫菲斯托斯

正在进行这工作,没有任何延宕。

威力神

再锤重一些,把他钉紧,不得松弛,
因为他神通广大,能够绝处寻生路。

赫菲斯托斯

他的这只手已经被紧紧钉住难挣脱。

威力神

现在再把这只手用镣环牢钉紧，
让他知道他诚然聪明，仍不及宙斯。

赫菲斯托斯

除他之外，谁也不可能把我责备。

威力神

现在把这金属楔子的无情尖齿
一直穿过他的胸膛，牢牢地钉住。

赫菲斯托斯

普罗米修斯啊，我叹息你受的痛苦。

威力神

你怎么又在拖延，为宙斯的敌人叹息？
当心你会有一天，不得不为自己悲叹！

赫菲斯托斯

你看面前这景象，真是惨不忍睹！

威力神

我看他受这些报应是罪有应得。
现在把这些链子缚在他的腰间。

赫菲斯托斯

我被迫干这些事情，不要再紧紧催逼。

威力神

我还要这样命令，还要这样吼叫，
你快下来，使劲缚住他的双膝！

赫菲斯托斯

这件事情已经做完，不太费功夫。

威力神

现在把这脚镣的钉子使劲钉牢，
因为这些工作的检查者甚是严厉。

赫菲斯托斯

你说出的话语与你的面容很相似。

威力神

你自己尽管心肠软弱，请勿指责我，
说我一向骄纵自负，冷酷无情。

赫菲斯托斯

让我们走吧，已经铐牢他的手脚。
（赫菲斯托斯下）

威力神

（对普罗米修斯）
现在你就在这里骄矜，把盗得众神的
神圣宝物交给转瞬即逝的人类吧，
可那些凡人难道曾帮你减轻痛苦？

神明们徒然把你称作普罗米修斯[①]，
因为你自己倒确实需要一个先知，
知道怎样才能摆脱眼下这锁链。
　　（威力神和暴力神下）

普罗米修斯

啊，晴明的苍穹，翅膀迅捷的和风，
江河的源泉，辽阔大海的万顷波涛
发出的无数笑语啊，众生之母大地
和普照的太阳的光轮，我向你们呼吁，
　　请看看我身为神明，却遭众神迫害！

请你们看哪，我正在忍受
怎样的凌辱，需要忍耐，
需要忍耐千万年时光。
这就是神明们的新主宰
　　为我构想的可耻的禁锢。
啊，啊，我为这眼前的和未来的
苦难悲叹，应该何时，又该在何方，
　　这些灾难才会有尽头？
然而我为何嗟叹？我能够清楚地预知
一切未来的事情，决不会有什么灾难
意外地降临于我。我应该心境泰然地
承受注定的命运，既然我清楚地知道，
定数乃是一种不可抗拒的力量。
然而无论是诉说我的遭遇，或者缄默，
都是何等难啊，只因为我把神界的宝物
赠给人类，才陷入如此不幸的苦难。

① “普罗米修斯”一词的本义为“先知者”，这里嘲讽他并无预知能力。

我曾窃取火焰的种源，把它藏在
茴香杆[①]里，这火种对于人类乃是
一切技艺的导师和伟大的获取手段。
我现在就由于这些罪过遭受惩罚，
被钉在这里，囚禁在这开阔的天空下。
　　啊，啊！哎呀，哎呀！
什么声音？隐隐有什么香气飘向我？
来自神明或凡人，或来自半人半神[②]？
它来到这遥遥天涯绝壁，是想为我的
苦难作见证，还是另有其他图谋？
你们请看我这位被束缚的不幸的神明，
宙斯的敌人，受全体神明憎恶的天神，
由于受到所有经常进入宙斯的
　　宏伟宫阙的神明的憎恨，
　　只因为我太热爱凡人。
啊，啊，我又听见身旁有声响，
是飞鸟鼓翼？苍空受飞翔的羽翼
轻轻拍击，发出索索的声响。
　　不管是什么前来，都使我惊颤。

① 茴香在古代希腊很普遍，其杆长而坚硬，可引火。此语有解作“芦杆”。
② “半人半神”指天神和凡人生的后代。

（二）
进场歌

（由长河神奥克阿诺斯的女儿们组成的歌队乘飞车由空中进场）

歌　队

（第一曲首节）

请不要惊惶，我们姐妹
乃心怀好意，舒展双翼，
迅速地飞翔，竞相来到
这悬崖跟前，勉强才把
父亲的心灵说动获允准。
急速的气流把我①吹送来这里，
因为铁锤撞击的回响
直传进海幽洞府深处，
即刻惊走了我那贞淑的娇羞，
驾起捷驰的飞车，屐履未就。

普罗米修斯

啊呀！啊呀！

---

① 此处“我”原文为单数，可能指歌队长，也可理解为整个歌队。

多子女的特提斯的女儿①,
以湍湍不息的水流环绕
整个大地的奥克阿诺斯的
　　列位爱女,
你们看哪,请看我被
囚禁在怎样一座牢狱,
被钉在悬崖绝壁高处,
　　充当可怜的守护。

歌　队

　　(第一曲次节)
我看见,普罗米修斯。
迷雾蒙住了我的双眸,
一片惶惧,泪水盈溢,
当我望见你那身体
被缚悬崖,枯槁又憔悴,
忍受这条条锁链的锁禁受凌辱。
现在是一些新的掌舵人,
由他掌管奥林波斯,
宙斯新立法规,专横地统治,
憎恨昔日神灵那残暴的权力②。

普罗米修斯

但愿他把我抛入地下,抛入

---

① 据说特提斯生有四十一个儿女,是各海神和海中神女的母亲。

② 指宙斯的父亲克罗诺斯的权力。克罗诺斯从预言中得知自己的统治将会被自己的儿女推翻,因此他在自己的子女出生后,便把他们一个个吞进肚里,只有宙斯得救,因为母亲瑞娅在生下他后,用一块石头放在襁褓里,让克罗诺斯误作婴儿吞下。宙斯长大后推翻克罗诺斯的统治,并迫使他把吞下的儿女吐了出来。克罗诺斯和其他提坦神一起被打入地下深处的塔尔塔罗斯深坑。

接待死者的哈得斯的昏暗的、
昏暗的塔尔塔罗斯，
残忍地给我戴上坚牢的镣铐，
使得任何天神或凡人
都不能观赏这惨景。
如今我不幸地在空中飘荡，
　　我受苦，让敌人欢笑。

歌　队

　　（第二曲首节）
是哪位神明如此心狠[1]，
竟为你的苦难而欣喜，
谁不为你的这些苦难
而共同怨愤？除了那宙斯，他的心
总是那样顽梗，暴烈地
压制乌拉诺斯宗系，
他绝不会停止这
残暴统治，除非他自己感到餍足或是有人
用暴力夺去那难以夺取的权力。

普罗米修斯

尽管我现在忍受沉重的折磨，
戴着坚固的脚镣忍受凌辱，
常乐的众神明的首领终会需要我
给他指出新的预谋，那预谋
会使他失去享有的王权和宝座。
无论他采用什么花言巧语，
都不会把我说服，无论他用

① 第140—160行，勒伯版如此标行。各版本分行不尽一致。

如何强硬的威胁都不会
使我屈服，除非他
愿解除用这残忍的镣铐
对我的惩罚，并愿为
　　我遭受的这些凌辱作偿付。

歌　队

　　（第二曲次节）
你真勇敢，不愿屈服于
这些严酷而难忍的苦难，
说话仍这样自由无忌。
揪心的恐惧袭扰着我的心灵，
为你的遭遇惶恐惊忧，
你忍受的这许多苦难，
何时才可见到
它们的尽头？克罗诺斯之子性情暴虐，
有一颗不为请求感动的心灵。

普罗米修斯

我知道宙斯暴戾，认为自己的意志
就是法律，但我相信总会有一天，
他的性格会
变温和，那是在他遭受打击之后。
他会平息自己强烈的怨怒，
热情地前来与我和好结友谊，
　　我也会热情地欢迎他。

（三）

第一场

歌队长

请把实情告诉我们，详细吐露，
宙斯为何把你缚住，以何罪名，
让你如此忍受折磨，受屈蒙辱。
请讲吧，如果没什么妨碍你叙说。

普罗米修斯

叙说那些事情令我感到痛苦，
缄默也痛苦，无论怎样都令我痛心①。
想当初神明们出现强烈的怨怒，
彼此间发生激烈的骚动纷争，
一些神明企图把克罗诺斯推下宝座，
拥宙斯为王，另一些神明意见相左，
极力反对由宙斯为首统治众神明，
这时我心怀善意相劝，企图说服
众提坦神，乌拉诺斯和赫同的儿女②，

---

① 第196—200行原文为六行。

② 赫同即地神盖娅，据说他们共有六男六女。

但我们的劝告未被听取。提坦们蔑视
机巧的计谋,仗恃自己心灵强勇,
以为可以轻易地靠武力夺取权力。
母亲忒弥斯,她又名盖娅①,因为她一身
兼有许多个名号,曾经不止一次地
向我预言未来,事情会有怎样结果:
获取这场斗争的胜利不是靠力量
和强大的暴力,而是需要使用计谋。
我曾把这些告诉他们,对他们细说,
他们却不屑一听,认为不值得一顾。
于是我认为,面对当时事态的发展,
最好的抉择显然是同我母亲一起,
去帮助宙斯,他欢迎,我们也愿意。
由于我的计谋,塔尔塔罗斯的幽暗
而深邃的地穴囚禁了年迈的克罗诺斯
和那些同他一起战斗的众神明。
众神之王得到我如此巨大的帮助,
现在却用如此残酷的惩罚回报我。
看来这是所有暴君的通病:
不相信自己的朋友。
你们询问,宙斯凭我的什么过失,
如此凌辱我,我这就给你们详细诉说。
宙斯一登上他父亲那为王的宝座,
便立即对各个神明一一论功行赏,
奖赏光辉的礼物,分配给他们权力,
但他对那些处于不幸中的凡人
却弃之不顾,甚至企图彻底消灭
整个人类,重新繁衍新的种族。

---

① 传说一般把忒弥斯作为盖娅的女儿。

除我而外，谁也不反对他这图谋。
唯独我有这胆量，决心拯救人类，
使他们不必前往哈得斯，遭受毁灭。
为此我现在遭受如此沉重的折磨，
真令人痛苦不堪，惨不忍睹。
我怜悯那些会死的凡人，自己却得到
不应得到的对待，然而我如此遭受
残忍的折磨，宙斯的名誉却会受损。

歌队长

普罗米修斯，对你遭受的这些苦难，
不表同情的人定然是铁石心肠。
但愿我看不见你遭受这些苦难，
我一见便心中怜悯，无限悲伤。

普罗米修斯

在朋友们看来我的景象确实可怜。

歌队长

除此而外你没有犯什么其他过错？

普罗米修斯

我还让会死的凡人不再预见死亡。

歌队长

你为治疗这疾病找到什么良药？

普罗米修斯

我把盲目的希望放进他们的胸膛。

歌队长

你给予了凡人如此巨大的好处。

普罗米修斯

不仅如此,我还把火赠给了他们。

歌队长

那生命短暂的凡人也有了明亮的火焰?

普罗米修斯

凡人借助火焰将学会许多技能。

歌队长

宙斯以这些罪过把你——

普罗米修斯

他因此这样凌辱我,永远不让我脱离苦难。

歌队长

难道对你的这种惩罚没有定时限?

普罗米修斯

没有,除非到了他认为合适的时候。

歌队长

他要怎样才认为合适?你有什么希望?
你不认为你有罪吗?可说你有罪,
会使我心中不快,也会使你忧伤,
还是让我们寻找办法摆脱这苦难。

普罗米修斯

身在苦难之外，对身陷苦难之人
进行告诫和劝慰，这事容易做到。
我完全清楚地知道我所做的一切，
我是自觉地，自觉地犯罪，我不否认。
我帮助人类，却为自己招来苦难。
我可未曾想到，我由于这些罪过，
就得在这高耸的山间被折磨消损，
被缚到这块荒凉寂寞的巨大悬崖。
现在请不要为我面临的苦难忧伤，
请你们降到地上，听我讲述未来的
各种事情，让你们知道一切详情。
请相信我，请相信我，请你们同一个
受难者一起受折磨，岂知那灾祸也会
到处漫游，由一处走到另一处地方。

歌队长

普罗米修斯，你发出的召唤
我们很愿意听取。
我现在就轻轻迈步，离开那
疾驰的飞车和洁净的苍穹，
飞鸟的途径，来到这
崎岖不平的地面，希望能
详细倾听你的苦难。
（歌队走下飞车，进入歌舞场；奥克阿诺斯乘飞马上）

奥克阿诺斯

我经过长途跋涉到尽头，
普罗米修斯，终于来到你跟前，

驾着这匹展翅翱翔的飞鸟①，
只用思想驾驭，不用缰辔，
请相信，我同情你的苦难。
我看是亲缘之情②如此强烈地
　　逼迫我前来；
即使没有这亲情，我尊敬你
也超过尊敬任何其他的神明。
你会知道，我这话一片挚诚，
我从不会献媚奉承。来吧，
请告诉我，应该怎样帮助你。
你会承认，没有哪个朋友
　　比我奥克阿诺斯更加忠实。

普罗米修斯

啊，我看见什么奇迹？你也前来
观看我蒙受的苦难？你怎么胆敢离开
以你的名字命名的流水，离开那石拱的、
天然形成的洞穴，来到这块土地，
产铁的地方③？你前来这里是为了探察
我的遭遇，一起为我的苦难悲伤？
请看我的形象，本是宙斯的朋友，
曾经帮助他一起建立统治权力，
现在却不得不忍受他的严酷惩罚。

奥克阿诺斯

我知道，普罗米修斯，你本人机敏，

---

① “飞鸟”指生翼的飞马。水中神明常驾这种如鸟的飞马代步。
② 奥克阿诺斯也是天神和地母的儿子。
③ “产铁的地方”原文为“铁的母亲”。

但我仍想自信地提出有益的忠告。
你要认识自己，采取新的方式，
因为现今是新的王者统治众神明。
如果你继续这样说话尖酸刻薄，
宙斯也许会听见你的这些话语，
虽然他远远地高居天庭，若是那样，
你现在忍受的苦难便会如儿戏一般。
你这不幸的神啊，请平息胸中的怒火，
暂且寻求办法，如何摆脱这苦难。
你也许觉得我这番话是老生常谈，
可是，普罗米修斯，眼前这些苦难
无疑是对你说话过分傲慢的惩罚。
你现在还没有屈服，不想对不幸让步，
还在向现有的不幸增加新的苦难。
请你认真听取我的忠告①，切不可
把腿脚踢向刺棒，既然你也知道，
现今是权力不受约束的暴君当政。
我想现在前去，不妨尝试一番②，
看能否帮助你解脱眼下的苦难。
你要安静，说话不可过分放肆！
你是否还不明白，尽管你聪明绝顶，
缺乏理智的话语往往会招来惩罚？

普罗米修斯

我真赞赏你，因为你胆敢前来
与我分忧解难，又不招惹责罚③。

---

① “听取我的忠告”原文为“把我当做教师”。

② 指前去向宙斯求情。

③ 有人把“与我分忧解难”一语理解为曾与普罗米修斯同谋，反对宙斯。

现在随它去吧，你不必费心劳神！
你不可能劝动他，他并非可劝动之人。
当心你自己不要因此招致祸患。

奥克阿诺斯

你更善于劝告别人，而不是自己，
我凭事实而不是语言，如此判断。
我已决意前去，谁也不要阻拦。
我敢断言，我敢断言宙斯会给我
这个情面，让你解脱目前的苦难。

普罗米修斯

我感谢你，永远铭记你的用心，
因为你充满一片热诚。但请不要
再费心劳神，那样对我毫无帮助，
你也会白费辛劳，尽管你愿意效力。
请你回避，不要涉及这件事情，
因为尽管我自己遭受不幸，我却
不愿让许多人为此也遭受祸殃。
不，决不能这样，同胞兄弟的遭遇
令我伤心，君不见阿特拉斯[1]面向
西方国土，把那根分离天地的巨柱
用双肩支撑，承担着难以忍受的重负。

---

① 阿特拉斯是伊阿佩托斯和克吕墨涅或阿西娅的儿子，提坦神之一，曾参加提坦神反对宙斯的阴谋。宙斯得胜后，被罚去背分离天和地的石柱。赫拉克勒斯完成第十一件苦差事时，曾代阿特拉斯背那石柱一段时间，让后者代他取来金苹果。

当我看见居住在基利基亚[1]岩洞的
大地之子便心中怜悯,一个巨怪,
长着一百个脑袋,狂暴的提丰,
被暴力征服,因为他曾与众神对抗,
可怕的大嘴咝咝呼啸,喷吐恐惧。
他的眼睛放射出戈耳工[2]式的光芒,
好像要用暴力摧毁宙斯的权力。
宙斯那警觉不眠的飞器向他奔去,
雷霆由高空扑下,喷射出猛烈的火焰,
立即打掉了他的傲气,使他不敢再
吹牛夸口。他的心胸遭受打击,
立即被烧成灰烬,力量被逐出躯体。
现今他把那软弱无力的残尸伸展,
僵直地横陈在波面狭窄的大海的近旁,
被沉重地镇压在埃特纳山的根基下,
赫菲斯托斯坐在高高的山顶上锻造
熔化的铁块。有朝一日会从那里
迸发出肆虐的烈焰狂流,张开大口,
狂暴地吞噬丰饶的西西里广阔平川[3]。
提丰将会发出如此暴烈的狂怒,
灼热地喷射出难以接近的烈焰横溢,
虽然掷雷的宙斯已把他烧成灰烬。
你自己阅历丰富,无需我作指点。

---

① 基利基亚在小亚细亚东南部,据说百首巨怪提丰出生在那里。提丰曾同宙斯争夺统治权。据荷马说,提丰被宙斯的雷电击败后住在小亚细亚地下。(《伊利亚特》,2,783)埃斯库罗斯按另一种传说,说他被镇在西西里东北部的埃特纳火山下,从而成为火山的化身。“提丰”一词的本义即指火山喷出的烟尘。

② 戈耳工是一种长着蛇发,身上长有翅膀和脚爪的凶恶怪物,任何人被它看见便会立即变成石头。

③ 埃特纳火山曾于公元前475年爆发,此处诗人也许就是指那次爆发。

你还是尽你所能，好好保护自己，
我却要忍受降临于我的这种苦难，
直到宙斯心中的愤怒终于平息。

奥克阿诺斯

普罗米修斯，难道你不知道常言说，
聪明的话语乃是病态性格的良医？

普罗米修斯

如果有人能适合时宜地缓和心灵，
而且不是强制地压抑爆发的情感。

奥克阿诺斯

我如此一片热忱，如此不畏风险，
你看其中有什么害处？请给我指点。

普罗米修斯

那是一种过分的辛劳，糊涂的愚蠢。

奥克阿诺斯

那就让我犯你说的这种毛病吧，
因为大智若愚，对智者最为有利。

普罗米修斯

你的抉择会被认为是我的过错。

奥克阿诺斯

你这话显然是在打发我返身回去。

普罗米修斯

免得你为我悲伤,却招惹出仇怨。

奥克阿诺斯

是否指那个新近登上全能的宝座者?

普罗米修斯

你要当心他会突然心中发怒。

奥克阿诺斯

普罗米修斯,你的不幸就是教训。

普罗米修斯

你快走吧,回家去,保持现在的心境。

奥克阿诺斯

你这样大声催促,我也就只好离去。
我的这四足飞鸟正在鼓动双翼,
拍击着天空的平坦道途,心中向往
快快回到家中的厩舍,屈膝休息。

(奥克阿诺斯乘飞马下)

（四）

第一合唱歌

歌　队

（第一曲首节）

普罗米修斯，我悲叹你的不幸遭遇，
泪水淋漓，涌出眼帘，
有如汩汩泉水不断冲刷，
浸湿我那柔嫩的面颊。
宙斯可怕地执掌一切，
按他自己的法律统治，
对昔日众神傲慢骄矜，
炫耀他那强大的权力。

（第一曲次节）

整个大地啊，如今都在失声地悲恸，
深深地为那无比崇高、
无比古老的荣誉[……]哭泣①，
也为你的同宗的荣誉；
那些在神圣的亚细亚

---

① 此行有残缺，对残缺词语有不同的猜测，如有人认为是“西方人”等。

相邻土地居住的人，
也都一起在为你痛哭，
为你遭受的这些苦难。

（第二曲首节）
还有那科尔克斯居民①，
不畏战争的女子部族②，
和那斯库提亚众邻国，
拥有最为边远的国土，
在迈奥提斯湖③畔，

（第二曲次节）
和阿拉伯善战的花朵，
建造城邦于悬崖之巅，
卜居于高加索山近旁，
手举锐利的长矛呐喊，
闻名的骁勇战士。

（第三曲首节）
（我从前只见过一位神明，
忍受铁镣的残酷桎梏，
那就是被制伏的提坦，
阿特拉斯，力量无人可比拟，
双肩擎着天柱，
支撑苍穹，不住地叹息。）④

---

① 科尔克斯人住在里海东岸。
② “女子部族”指传说中的阿马宗女人部落，曾参加特洛伊战争。
③ 迈奥提斯湖即亚速海。
④ 此曲可能是后代人由其他剧本移入的。

（第三曲次节）
大海汹涌的潮流退落时，
阵阵呼啸，海渊呻吟，
哈得斯地域最幽深的去处在怨诉，
清澈的河流的泉源在哀号，
为你这沉重的苦难。

（五）

第二场

普罗米修斯

请你们不要认为我傲慢，认为我骄矜，
才这样沉默不语，岂知我思绪揪心，
每当我看见自己如此遭辱受欺凌。
现在这些新神明得到种种权力，
是靠其他的哪位神明，还是由于我？
我且不说这些，因为那样我在叙述
众所周知的事情；只请听人类承受的
种种悲苦，他们先前怎样愚昧，
我使他们具有理性，获得思想。
我并非出于讥笑，描述此前的人类，
只是想说明我为何如此给他们恩惠。
从前他们枉然视听，却视而不见，

听而不闻，如同梦幻中经常出现的
种种浮影，在浑浑噩噩之中度过
漫长的一生。既不知道用砖瓦建造
向阳的房屋，也不知道使用木料①，
而是如同渺小的蚁群，藏身于土中，
居住在终日不见阳光的洞穴深处。
对于严寒的冬季、百花繁茂的春天
和果实累累的炎夏，他们从不知道
任何可靠的征候，而是盲目地从事
一切事情，直到我教会他们认识
各种星辰难以辨认的升起和下沉。
我为他们发明了最精深的科学数字，
为他们发明了字母的组连，各种事情的
记忆基础，各种艺术的孕育和庇护。
是我首先把野兽驾在各种轭下，
使它服从轭辕，背负各类货鞍，
好为人类承担各种巨大的重负，
还把经过调驯的马匹驾在车前，
成为享受富裕豪华生活的装饰。
不是其他哪位神明，仍是我发明了
供水手们漫游于海上的带帆的大车。
不幸的是我为人类发明了这许多技巧，
现在为自己却找不到聪明的办法，
使我摆脱现在正忍受的这种苦难。

歌队长

你承受着难忍的痛苦，心灵的迷误

---

① 据说雅典的木工始于代达洛斯，雅典用砖瓦造房始于欧律阿洛斯和西佩尔比奥斯，诗人把这些都视为由普罗米修斯传授。

使你陷入了迷途，有如一位庸医，
待他自己染上疾病，心中懊恼，
不知道该寻找什么良药把自己医治。

普罗米修斯

你听完我其他的发明，更会惊叹，
我构想出了怎样的技巧，怎样的技艺。
其中最重要的是，凡人一旦患病，
便无可根治，他们既没有内服的药物，
也无可敷的油膏或可饮的汤汁，只好因
缺少药物而憔悴死去，直至我
教会他们把各种柔和的药物混合，
他们才会把各种疾病一一驱除。
我又教会他们各种预言的技能，
第一个教会他们区分什么样的梦想
会成为现实，还教会他们区别各种
难以辨别的征兆和道边的种种迹象。
我教会他们分辨曲爪飞鸟的
飞行特征，哪些天然表示吉兆①，
哪些预示不吉，各种鸟类分别具有
怎样的习性，哪些鸟类互相敌视，
哪些鸟类互相亲爱，一起栖息。
我教会他们辨别内脏要如何光滑，
苦胆具有怎样的颜色，肝脏具有
怎样的斑点，才能博得神明欢心。
我把腿肉和长长的腿骨裹上肥油，
焚烧祭献，把这种难以理解的技术

① “吉兆”原文为“右方的”。占卜者面北而立，从右方得来的征兆为吉利，从左方得来的征兆为凶兆。“不吉”原文为“吉利”，希腊人为避忌讳，如此代言之。

教会凡人，使得往日人们不了解的
祭火的各种征兆变得清楚明了。
这些事情就是这样。至于说那些
埋藏在地下有益于人类的各种财宝，
铜、铁、白银、黄金，有谁能说是他
比我还早地发现了这些有用的宝物？
我知道无人敢说，除非他信口胡言。
如果把这一切一言以蔽之，那就是：
人类的一切技能都源于普罗米修斯。

歌队长

现在请你不要过分地帮助人类，
不关心自己可能遭受怎样的苦难。
我唯希望你能摆脱目前的桎梏，
并且也会像宙斯现在一样强大。

普罗米修斯

给一切规定终结的摩伊拉[①]没有决定
此事这样结束，只有在忍受无数的
不幸和苦难之后，我才能摆脱镣铐，
因为技艺远不及定数更有力量。

歌队长

那么谁是掌握不变的定数的舵手？

普罗米修斯

摩伊拉姊妹和好记仇怨的埃里倪斯[②]。

---

① 摩伊拉是命运女神。命运女神共三个，共同执掌定数。她们是：克洛托，纺绩命运之线；拉克西斯，分配命运；阿特罗波斯，剪断命运之线，使生命终结。

② 埃里倪斯是复仇女神，帮助命运女神惩罚违抗命运者。

歌队长

难道宙斯也不如她们强大有力量?

普罗米修斯

他也逃脱不了业已注定的命运。

歌队长

宙斯除了永远掌权,还会怎样?

普罗米修斯

你不可能打听出来,请不要追问。

歌队长

定然是什么重要秘密,你把它隐瞒。

普罗米修斯

请说说别的事情,那定数现在还不是
披露的时候,我必须把它认真掩盖,
严守秘密,只有这样我才能得救,
摆脱这些可耻的镣铐和沉重的苦难。

（六）

第二合唱歌

歌　队

（第一曲首节）

宙斯执掌万物，
　　但愿他不会施威阻挠我的愿望，
　　但愿我能永远为神明们奉献
神圣的祭品，来到[1]
父亲奥克阿诺斯的流水旁杀牛祭奠，
不会有语言冒犯，
　　愿这规则永留我心头，不会熔化[2]。

（第一曲次节）

那该是多么甜美，
　　若长久的人生能在坚定的希望中度过，
　　让心灵始终沉浸在光明的幸福和欢乐里！
但我又心中战栗，

---

① 第526—530行原文为四行。

② 以刻字的蜡板为喻。蜡板受日晒，蜡会熔化，字迹消失。第531—535行原文为三行。

看见你遭受这许多苦难[……][①]
你虽不惧怕宙斯，
普罗米修斯，却按己愿太爱护人类。

（第二曲首节）
看哪，朋友，恩德如何无报应！
告诉我，谁来保护你？
生命短暂的凡人来相助？君不见
他们软弱无力，
有如虚渺的梦幻，
把那昏盲的芸芸众生在其中禁锢？
凡人的意愿永远不可能
破坏宙斯的秩序。

（第二曲次节）
看见你屈辱受苦难，普罗米修斯，
我理解了这些道理。
一种不同的曲调飞进我的耳朵，
想当年我唱的那曲调，
绕着浴室和婚床，
为你唱婚歌，你用聘礼感动我姊妹
赫西奥涅，把她领回，
做你的同衾妻子。

---

① 原文有残缺。

（七）

第三场

（伊奥上）

伊　奥

这是什么地方？什么种族？我看见
是谁被缚于山崖，身披镣铐，
　　饱受风暴？
你犯何罪受如此严厉的惩处？
请给我指点，
　　我这苦命人漂泊到何方？
哎呀，哎呀，
那牛虻又把我这不幸的人蜇刺，
那是阿尔戈斯的影像，地母啊，快把它赶走！
我一看见这千眼的看牛者便心中发颤。
它带着一副狡猾的眼光前来，
它死后大地都未能把它埋葬①。
它竟然从下界出来，
追赶不幸的我，迫使我游荡，
忍饥挨饿，在那荒漠的海滩。

---

① 伊奥把牛虻视为阿尔戈斯死后的化身。

（伊奥听见牛虻鼓翼，以为是阿尔戈斯在吹芦箫，开始悲歌）

伊　奥

（悲歌首节）

蜂蜡黏合的芦箫开始鸣奏，
奏出催人入睡的清歌。
啊呀，伊奥，伊奥，这迢迢漫游，
驱赶我飘荡，将漂泊到何方？
克罗诺斯之子①啊，我有何过错？
为何让我，为何让我忍受
这样的苦难？啊，啊，
牛虻的追袭使我恐惧，
把不幸的我残忍地折磨得发狂？
快把我焚毁，或是埋进地下，
或是交给大海吞没作食料，
对我的这点请求，
主啊，请不要拒绝！
这漂泊，这无穷无尽的漂泊已使我
受尽痛苦，尚不知如何才能
摆脱这沉重的苦难。

（对普罗米修斯）

你听见我这个生牛角的女子的呼喊？

普罗米修斯

我怎会不听见这被牛虻追逐的少女，
伊纳科斯的女儿的呼喊？她使宙斯
燃起爱火，现在遭受赫拉憎恶，
被迫踏上这过分漫长的旅途受磨难。

---

① “克罗诺斯之子”指宙斯。

伊　奥

（悲歌次节）

你怎么会称呼我的父亲的姓名？
告诉我，你是何人受苦难？
受苦的人啊，你究系何人，竟能
正确地称呼我，我这苦命人？
你道出了这神明遣来的苦难，
这苦难使我憔悴，尖锐的针芒
把我驱赶，啊，啊，
那针芒蜇得我不停地蹦跳，
忍受挨饿的折磨，狂奔而来，
被赫拉这狠毒的计谋折磨，
世上受苦人众多，啊，啊，
谁堪与我相比拟？
请你明白地告诉我，
这苦难何时能终了，还要忍受
怎样的痛苦，有何解救的药方，
请指示，你若知晓。
快说吧，给我这飘零女子作指点。

普罗米修斯

我会如你所愿，把一切明白相告，
不编织任何暗谜，言语简单明了，
如同对亲近朋友说话应有的那样，
你看我就是普罗米修斯，送火给人类。

伊　奥

啊，你曾经惠赐人类这共同的好处，
可怜的普罗米修斯，你为何如此受惩罚？

普罗米修斯

对我的这些不幸我刚刚停止哭泣。

伊　奥

那你不可能赏赐我恳求的这点恩惠?

普罗米修斯

说吧,你要求什么,你可以询问一切。

伊　奥

请告诉我,是谁把你缚在这山崖上。

普罗米修斯

这是宙斯的意志,赫菲斯托斯的行动。

伊　奥

由于什么过错忍受这样的惩处?

普罗米修斯

我刚才给你的解释已经足够明了。

伊　奥

再请告诉我,我这漂泊何处终止,
我这苦命人的灾难何时才可终了?

普罗米修斯

你不知道比知道这些要好得多。

伊　奥

请不要对我隐瞒我将会忍受的苦难。

普罗米修斯

我并非不愿给你所要求的恩惠。

伊　奥

那你为何迟疑不把一切吐露?

普罗米修斯

我很愿意,只是怕扰乱你的心灵。

伊　奥

请不要超过我的愿望,过分关心我。

普罗米修斯

既然你希望,我只好说明,请听我说。

歌　队

（对普罗米修斯）

且慢,请让我也分享这一份愉快。
让我们首先向她打听她所承受的不幸,
让她叙述她那充满苦难的遭遇,
然后再从你那里知道其他的事情。

普罗米修斯

这是你的义务,伊奥,给她们这恩惠,
特别是因为她们是你父亲的姊妹。
当我们为自己的不幸遭遇痛哭流涕,
只要能引起聆听的人们的同情泪珠,
这样哀诉自己的痛苦倒也不白费。

伊　奥

我不知道怎样可拒绝你们的要求，
凡你们想知道的一切，我都会清楚地
向你们说明，尽管说起来会令我羞涩，
关于那神明遣来的风暴和我形体的变化，
它们怎样降临我，使我感到恐惧。
从前常有一些幻象在昏暗的夜里，
出现在我的闺房，用令人愉快的语言，
对我这样规劝："无比幸福的少女啊，
你本可以得到最最美满的姻缘，
却为何坚守处女之身？爱情之箭使宙斯
燃起对你的情火，渴望同你结合，
分享爱情的欢乐。孩子啊，请不要拒绝
宙斯的床榻，快前往勒尔涅[①]茂盛的草地，
去到你父亲的牛群和排排栏厩中间，
从而平息宙斯眼中的强烈欲望。"
每个令人愉快的夜晚，我总是可怜地
被这样的梦幻纠缠，后来我终于大胆地
向父亲禀告这些漫游于夜间的幻影。
父亲不断遣使前往皮托和多多纳[②]，
求问神意，想知道应做什么献祭
或做何祈求，才能博得神明的欢心。
使节们带回来一些谜语般的神谕，
语言模棱两可，意义含糊不清[③]。

---

① 勒尔涅在阿尔戈斯地区，距阿尔戈斯城不远。

② 皮托指得尔斐阿波罗神坛。多多纳在希腊西部埃皮罗斯境内，在古代是宙斯发布神示的著名圣地，那里的祭司根据橡树或山毛榉树的风声领悟宙斯的旨意。后来得尔斐阿波罗神坛逐渐取代了它的影响。

③ 祭司们发出的神示都是一些似是而非、难以捉摸的双关语。

最后伊纳科斯得到明确的宣示，
那神谕清清楚楚地向他昭示，
要求把我逐出家门和故乡土地，
让我自由地漂泊到大地最遥远的地方。
如果他不愿意，便会由宙斯飞来
熊焰如火的雷电，把整个家族毁灭。
父亲遵从洛克西阿斯①的所有旨意，
把我逐出家园，家门从此对我紧闭，
父女俩都不情愿，无奈宙斯的意志
强行逼迫，迫使他不得不如此。
我的形象和心情立即发生变化，
我的头上长出犄角，正如你看见，
被毒刺尖锐的牛虻蜇得狂蹦乱跳，
直去到克尔克涅亚②甜美的流水岸旁
和勒尔涅泉水边。可是那大地生养的牧神，
残暴的阿尔戈斯却一直紧紧追赶我，
睁着密集的眼睛注视着我的足迹。
一种出乎他所料的命运已突然夺去
他的性命，可我却继续被牛虻蜇刺，
在神明的鞭子的驱赶下仍不断地漂泊。
你已听完我叙说往事，现在如果你知道
未来的苦难，就请指点。不必怜悯我，
用虚假的话语慰藉我的心灵，依我看，
杜撰的言辞是最为可耻有害的东西。

歌　队

啊呀，天哪，请别再说！

---

① 洛克西阿斯是日神的别称。

② 克尔克涅亚是阿尔戈斯境内河流。

我从没有，从没有想到会有
这样奇怪的故事传进我耳朵，
我从没有，从没有想到会有
如此可怕，如此难忍的
苦难、耻辱和恐惧
有如双尖针杆刺痛我的心灵。
啊呀，啊呀，命运啊，命运啊，
看见伊奥的遭遇，令我战栗。

普罗米修斯

你叹息得未免太早，恐慌得未免过分，
请控制住自己，再细听其他的苦难。

歌　队

请快说，请再作指点：对于一个受苦人，
能预先清楚地知道未来的苦难是件乐事。

普罗米修斯

你们很容易地便从我这里满足了
起初的要求，因为你们希望首先能
听她说明她在这之前遭遇的不幸。
现在请听未来的事情，请听这女子
还会由于赫拉而忍受怎样的折磨。
伊纳科斯的女儿啊，请你把我的话
牢牢记住，好知道何时终了这道途。
首先你得从这里转向日出的方向，
走过那一片未曾开垦的茫茫荒原。
这时你来到游牧的斯库提亚的地域，
他们高高地居住在转轮大车上那
编造的篷屋里，以远射的弓箭武装自己。

你切勿走近他们，而要紧紧地挨近
波涛拍击的海岸前行，穿过那地方。
这时你左手方向居住着善造铁器的
卡吕柏斯人①，你对他们也要提防，
他们是蛮族，外人很难接近他们。
这样你来到名不虚传的许布里斯特斯河②，
你切勿企图渡河，因为它难以渡过，
直到你来到高加索，那里峰峦兀立，
那条河流自悬崖高处发泄威能，
俯身直泻。这时你必须翻过那些
接近星辰的高耸山岭，然后转向
通往南方的大道，进入阿马宗人的
憎恶男人的部落，她们日后会迁居
特尔摩冬河③畔的特弥斯库拉区域，
萨尔米得索斯河④对海张着险峻的大口，
像是水手们的凶恶的客主，航行船只的继母。
她们会给你指明道路，乐意引导你。
这时你来到通向大湖的狭窄门户的
基墨里科斯地峡，你要大胆地通过
那条地峡，再穿过迈奥提斯峡道⑤。
你的渡海将会在人间永远留下
伟大的声名，那地方将称作博斯波罗斯⑥，
按你的名字。这样你便离开欧罗巴，

---

① 这里可能指居住在黑海东部的卡吕柏斯人。

② “许布里斯特斯”意为“凶暴的”，因而一译为“暴河”。古代学者把它注释为阿拉克塞斯河，但可能是诗人想象的一条河流。

③ 特尔摩冬河在黑海东南边。

④ 萨尔米得索斯河不在黑海东南部，在黑海西岸。那里海岸险峻，不易航行。

⑤ “大湖”指迈奥提斯海（即今亚速海），基墨里科斯地峡指陶卡半岛（即今克里米亚半岛）与大陆相连的地峡。

⑥ 博斯波罗斯海峡（即今博斯普鲁斯海峡），意为“牛峡”。

来到亚细亚大陆。
（对歌队）
难道你们不觉得，
神明们的这位主宰对于所有的事情
都一样残暴？只因为他想同这位
凡间女子结合，便迫使她到处漂泊。
（对伊奥）
少女啊，你遇见了一个将给你带来
巨大痛苦的求婚人，刚才听到的磨难
你会觉得那只是全部苦难的引子。

伊　奥

哎呀，天哪！哎呀，天哪！

普罗米修斯

你又在大声地哀怨和悲伤？等你知道了
其余的灾难，不知你又会怎样慨叹？

歌　队

你还有什么其他灾难需要告诉她？

普罗米修斯

还有巨大的灾难，有如狂暴的大海。

伊　奥

活着对我有什么好处，我为何还不
赶快从这险峻的山崖跳下去，
撞向地面，从而使自己得以摆脱
这一切沉重的苦难，因为立即死去
要远远地胜过悲惨地度过一生时光。

普罗米修斯

你会难以忍受我这样的痛苦，
因为我被命运注定永远不死，
死亡本身是对苦难的一种解脱。
现在我的苦难也永无止境，
　　只要宙斯仍坐天庭。

伊　奥

难道宙斯的统治也会有一天被推翻？

普罗米修斯

我相信，你看到这样的事情也会欣喜。

伊　奥

怎会不欣喜？我正是由于他而忍受苦难。

普罗米修斯

你可以相信，这样的事情一定会发生。

伊　奥

谁来夺取他现在拥有的无限权力？

普罗米修斯

他的愚蠢想法将会损害他自己。

伊　奥

什么事情？请告诉我，如果可以。

普罗米修斯

他想结婚，那婚姻将会给他带来忧烦。

伊　奥

娶女神还是娶凡女，如果可以，请说明。

普罗米修斯

你为什么询问她系何人？此事说不得。

伊　奥

是不是他会被妻子推下为王的宝座？

普罗米修斯

她会生一个远比父亲强大的儿子。

伊　奥

难道他不能逃避命运的这种变化？

普罗米修斯

不可能，除非待我摆脱了这些镣铐。

伊　奥

谁会违背宙斯的意愿，把你释救？

普罗米修斯

他应该是你的众多后代之一。

伊　奥

你说什么？我的孩子会使你摆脱苦难？

普罗米修斯

那是你的第十代以后的第三代后人。

伊　奥

你的这个预言令人不容易猜透。

普罗米修斯

请你不要再打听你以后的苦难。

伊　奥

你已经许我这恩惠，请不要又把它收回。

普罗米修斯

这两件事，我只能告诉你其中的一件。

伊　奥

哪两件事，请你说明，让我选择。

普罗米修斯

我这就告诉你，请你挑选，要我说明
或是你未来的苦难，或是谁会解救我。

歌　队

这两件恩惠，但愿你能给她一件，
也给我一件，请不要推辞不愿解释。
请你向她指点她余下的苦难，
告诉我谁是你的解救人，我很想知道这事情。

普罗米修斯

既然你们如此恳求，我不能再推辞，
我将让你们知道你们想知道的一切。
伊奥，我首先向你说明你多难的漂泊，

你要把它们铭记于你那心灵的书板。
当你渡过那作为大陆分界的海峡,
朝着火焰般的东方,太阳升起的方向
[……][1]
你渡过大海的汹涌波涛,直待你到达
基斯特涅[2]的戈耳工姊妹居住的原野,
那里居住着古老的福尔科斯[3]的三个女儿,
模样像天鹅,共同拥有一只眼睛,
一颗牙齿,太阳不愿照射她们,
夜间的月亮也不愿向她们投洒光辉。
距她们不远还有身长翅膀的三姊妹,
一头蓬松的蛇发,令人憎恶的戈耳工[4],
没有哪个人看见她们不失去气息。
这是我想告诉你的一处可怕地方。
现在请你再听另一处可怕的景象。
你还要提防宙斯的格律普斯[5],一群
不吠的弯喙狗,提防独眼的部族,
善骑马驰骋的阿里马斯波伊人,居住在
普卢同河黄金滚滚的湍急流水旁[6]。
你切勿接近他们。然后你来到遥远的国土,
来到黑皮肤的部落中间,他们居住在

---

① 原文此处残缺数行。

② 基斯特涅是传说中的大地边缘地域。赫西奥德说戈耳工住在西方(《神谱》第274行),埃斯库罗斯把她们移到东方。

③ 福尔科斯是一位海神,他的三个女儿通常合称格赖埃,意即“白发的女人”。赫西奥德提到两个格赖埃,即佩弗瑞多、埃倪奥,后来的传说又增加了得伊诺。

④ 荷马说戈耳工是一人(见《伊利亚特》,5,47),赫西奥德说是三人,即斯特诺、欧律阿勒和墨杜萨三姊妹。

⑤ 格律普斯是一种狮身、鹰嘴、带翼的狗,传说它们看守金子。

⑥ 阿里马斯波伊人是居住在斯库提亚北部的民族。普卢同河不可考。

太阳的水泉[①]旁，埃塞俄比亚河在那里流淌。
你沿着那河岸继续前行，直到你到达
一处高耸的绝壁，从比贝利涅峰峦[②]间，
尼罗河放出它那圣洁而甜美的流水。
这河流会给你指引方向，前往称作
尼罗提斯的三角洲，伊奥啊，命运注定你
在那里为自己和儿子建立遥远的居地。
对我的指点你若有不明了的费解之处，
不妨再作询问，把一切探察清楚，
我有充裕的闲暇，远超过我的希望。

歌　队

关于她的苦难漂泊，如果你尚有
其他的或被忽略的方面，就请说明；
如果一切都已阐述，那就请惠赐
我们所求的恩惠，相信你没有忘记。

普罗米修斯

（对歌队）

她已经听到她的整个飘零的终点。
为了使她相信我的话并非谬妄，
我现在且说说她在这之前忍受的苦难，
作为对我刚才进行预言的证明。

（对伊奥）

我将把你的大部分故事略去不提，
只说说你那无数漂泊的最近一程。

---

① “太阳的水泉”可能指北非沙漠中太阳神安蒙庙旁的泉水。

② 此山不可考。尼罗河经过多处瀑布，流入埃及。

当年你曾前往摩洛索斯人①的国土，
来到坐落在陡峭的山脊之上的多多纳，
那里有特斯普罗托斯②的宙斯的神示和圣坛
和令人难以置信的奇迹，会说话的橡树，
那些圣树曾明白无误地、并非谜语式地
预言你会成为宙斯的光辉妻子。
难道我说这些话是为了向你献媚？
你从那里受牛虻蜇刺，沿着海湾的
狭窄小径，奔向瑞娅的宽阔胸怀③，
狂风暴雨又使你从那里折回漂泊④。
待到未来的年代，你可以确信无疑，
大海的那湾处将称作伊奥尼亚⑤，
让后代人类永远记住你这段行程。
对你来说，这就是我的心智标记，
它的洞察能力远胜过视力所及。

（对歌队）

其余的事情我对你们也对她一起说，
让我重新回到先前的叙述路径⑥。

（对伊奥）

大地有一座极远的城市卡诺柏斯⑦，
坐落在正对尼罗河口淤积的沙洲上。
在那里宙斯将使你恢复原先的理智，
只需用并不可怕的手把你轻轻一触。

---

① 摩洛索斯人居住在希腊西部埃皮罗斯境内阿拉克托斯河畔。

② 特斯普罗托斯人是埃皮罗斯部落，多多纳起初属于他们，后来为摩洛索斯人所有。

③ “瑞娅的宽阔胸怀”指陆地环抱的海湾。

④ 指折返前往斯库提亚。

⑤ 即今亚德里亚海。

⑥ 指回到第815行叙述中断的地方。

⑦ 卡诺柏斯在亚历山大城东边，相传为斯巴达王墨涅拉奥斯所建，埃斯库罗斯把它假设为此时已经存在。

按照宙斯这样的生育手法命名，
你会生下黑肤的埃帕福斯①，收获
由宽阔的尼罗河灌溉的土地结出的果实②。
在他以后的第五代③会有五十个少女
迫不得已，重新返回阿尔戈斯，
逃避和她们的同宗兄弟结成姻缘。
那些年轻人个个满怀炽烈的情感，
有如鹞鹰相距不远地追逐野鸽，
紧紧尾追而来，追逐那不该追逐
的婚姻，神明不允许他们得到这姻缘。
佩拉斯吉亚④会接待他们，阿瑞斯会让
警觉的妇女在夜间勇敢地把他们制伏。
每个女子将剥夺每个新郎的生命，
把双刃佩剑刺进他们每个人的喉咙⑤。
但愿库普里斯⑥也这样对待我的仇敌！
可是其中有一个少女屈服于爱情，
不愿杀死丈夫，遵从父命的决心变得迟钝，
面对两种恶名，她希望选择另一种，
宁愿被人视为怯懦，而不是杀手⑦。
她将在阿尔戈斯生育一支王族。
要明白说清楚此事需要很多话语，
由她定然会降生一个勇敢的后代，

---

① “埃帕福斯”意为“触而生”。

② 指埃帕福斯在埃及为王。尼罗河每年四月到十月泛滥，灌溉沿岸土地。

③ “第五代”指达那奥斯。

④ “佩拉斯吉亚”即“佩拉斯戈斯人居住的地方”，此处指阿尔戈斯。

⑤ 以上指达那奥斯王的五十个侄子追求他的五十个女儿的故事，请参阅《乞援人》。

⑥ 库普里斯是阿佛洛狄忒的别名。

⑦ 四十九个女儿都服从父命，唯有最小的女儿许佩尔涅斯特拉不忍杀死丈夫林叩斯。后来林叩斯为兄弟报仇，杀死了达那奥斯。

著名的弓箭手,他会使我摆脱这苦难[1]。
这些就是由我那个古老的母亲、
提坦女神忒弥斯向我叙述的神意。
至于如何解救,说明它们将需要
很多话语,你听了也没有什么益处。

伊　奥

哎呀呀,哎呀呀!
强烈的疼痛和疯狂的错乱重又
在我心中燃烧,牛虻的如火的[2]
针刺重又在蜇扎我。
我的心在胸膛里惶恐地猛跳。
我的眼睛如车轮不停地旋转,
猛烈的疯狂暴流把我刮得
偏离了道途,舌头已不听调遣,
混浊的话语茫然无章地撞击着
　　可怕的灾难的涛涛洪流。
　　(伊奥下)

① 这勇敢的英雄即赫拉克勒斯。他将射死啄食普罗米修斯肝脏的秃鹰,解救普罗米修斯。

② “如火的”一解作“无火的”。

（八）

第三合唱歌

歌　队

（首节）

此人真聪明，真是聪明啊，
他首先用心认真思考并说出
　　这样一条真理：
与自己相当的人结亲最为合适，
切不可高攀骄奢淫逸的富户，
和那飞扬跋扈的豪门子弟，
　如果你是一个贫穷人。

（次节）

请你们不要，不要看着我，
尊贵的命运女神啊，终有一天
　　成为宙斯的妻子，
我也不嫁给其他自天降的神明，
因为我见了伊奥心惊颤，这少女
不爱那情郎，却被赫拉折磨得
　　不幸地长途漂泊变憔悴。

 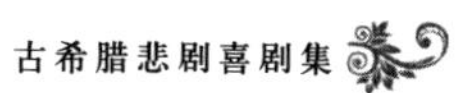

（末节）
我不害怕门第相当的婚姻，
我并不惧怕，却但愿那强大的众神明
不要把那难逃脱的爱欲眼光射向我。
那是无法抗争的战斗，无出路可寻，
那时我不知道该如何生活，
　　不知道如何才能逃脱宙斯的计谋。

（九）
退　场

普罗米修斯

尽管宙斯现在自信而又傲慢，
但他终会屈服，因为他正想缔结
一场姻缘，那姻缘会非他所料地
把他从为王的宝座上推翻，他的父亲
克罗诺斯发出的诅咒便会完全实现，
在他当年退出古老的王位时。
没有哪位神明能清楚地向他指出
逃脱那灾难的路径，除非我给他作指点。
我知道能躲避的途径，且让他现在泰然地
高踞王座，深信自己的高空雷霆，
手中挥动着那喷射火焰的投掷武器，

因为所有这一切到时候都救不了他，
不能免除他屈辱地遭受难忍的覆灭。
岂知他现在正在为自己准备一个
强大的敌手，一个难以征服的怪物，
那怪物将会发明比闪电还炽烈的火焰
和比霹雳更强烈的从空中抛掷的巨响，
他会把波塞冬的武器，那使大地和海洋
发寒病般震颤的三叉戟彻底粉碎。
待宙斯遭受了这一不幸，他便会知道，
掌权做君王和为奴受屈辱多么不一样。

歌队长

你这样诅咒宙斯，只是你的愿望。

普罗米修斯

我说的一定会实现，我也希望能这样。

歌队长

我们能够期望哪位神会制伏宙斯？

普罗米修斯

他还会忍受比这更为沉重的苦难。

歌队长

你说出这些话，怎么不担心会受惩罚？

普罗米修斯

我有何畏惧？既然命运注定我不死。

歌队长

宙斯可能会让你忍受更大的痛苦。

普罗米修斯

随他吧，我准备好忍受一切苦难。

歌队长

向阿德拉斯忒娅[1]求情的人是聪明之人。

普罗米修斯

你就崇拜吧，请求吧，永远奉承当权者。
在我看来，宙斯渺小得不值一提。
就让他随心所欲，让他如愿地统治
这短暂的时期吧，他统治众神不会很长久。
可我看见宙斯的使者、这位新的
全权统治者的仆人正向我们走来，
他前来定然是为了宣布什么新消息。

（赫尔墨斯上）

赫尔墨斯

我在对你说话，对你这个骗子，
令人无比讨厌的家伙，众神的背叛者，
你这个把宝物赐给凡人的盗火者说话。
天父要求你把你吹嘘的那场婚姻，
那场会使他失去权力的婚姻说出，
要求你不得说成谜语般含含糊糊，
而要一一说明，请你不要连累我，
普罗米修斯，再跑一趟。你也知道，

---

[1] 阿德拉斯忒娅是惩戒女神涅墨西斯的别名。此名的本义是“不可避免的”。据说阿尔戈斯王阿德拉斯托斯曾为惩戒女神建立祭坛，女神因而得此别名。涅墨西斯惩戒超越常规、破坏正常秩序的人，如过于幸福者、过分傲慢者。古希腊人说了傲慢的话，都要请求涅墨西斯宽恕。此处歌队认为，普罗米修斯说话傲慢，应请求惩戒女神宽恕。

宙斯的心肠不会因那些谜语而变软。

普罗米修斯

你刚才说的这番话语威严堂皇，
狂傲侮慢，适合神明使者的身份。
你们这些新神刚刚掌权，便以为
从此占据着毋庸忧虑的堡垒，难道我
未曾看见两代掌权者①相继倾覆？
现在我还会看见这第三代掌权者
无比屈辱地迅速被推倒。或者你认为，
我会惧怕这些新神，屈服于他们？
我才不会这样，绝对不会这样做。
请你赶快循着前来的道路回返吧，
因为你所询问的事情不会有结果。

赫尔墨斯

你正是由于往日的那些任性行为，
现在使自己驶进了这苦难的港湾。

普罗米修斯

你应该清楚地知道，我绝不会
把我这样受苦难换成你那样听役使。

赫尔墨斯

因为我看显然侍候这块山崖
要比做父亲宙斯的忠实信使强得多。

---

① “两代掌权者”指乌拉诺斯和克罗诺斯，乌拉诺斯被儿子克罗诺斯推翻，克罗诺斯被儿子宙斯推翻。

普罗米修斯

应该这样傲慢地对待傲慢之人[1]。

赫尔墨斯

你好像对这样的事态引以为乐。

普罗米修斯

我引以为乐？愿我能看到我的仇敌
这样为乐，我视你也是其中的一个。

赫尔墨斯

你怎么把自己遭遇不幸怪罪于我？

普罗米修斯

简单一句说来，我憎恨所有的神明，
他们受过恩惠，却不公正地虐待我。

赫尔墨斯

在我看来，你犯癫狂并不轻微。

普罗米修斯

如果憎恶仇敌算癫狂，那我承认我癫狂。

赫尔墨斯

假如你幸运顺利，你会令人难忍受。

---

[1] 有人把此句理解为“傲慢之人理应如此傲慢地说话”。此处原文可能有残损，缺一行。

普罗米修斯

啊！

赫尔墨斯

啊？宙斯可不知道这样说话。

普罗米修斯

逐渐衰老的岁月会教他明白一切。

赫尔墨斯

可你并没有学会做事要聪明谨慎。

普罗米修斯

要不我便不会同你这奴仆说话。

赫尔墨斯

天父所问之事你似乎不想答复。

普罗米修斯

我倒是应该报答他给我的恩惠。

赫尔墨斯

你刚才显然把我当作孩童嘲弄。

普罗米修斯

既然你想从我这里打听事情，
那你不就是小孩，而且比小孩还愚蠢？
无论宙斯用什么苦刑或计谋，
都不可能迫使我把那秘密道破，

除非他首先为我解除这可耻的锁链。
让他向我抛出熊熊燃烧的电光吧，
让他用那白羽般的雪花和震地的轰鸣
把世间万物搅乱，使世间万物发颤，
可是这一切都不能使我改变意志，
说出是哪位神明会推翻他的王权。

赫尔墨斯

请你看看这样对你是否有好处。

普罗米修斯

这早就认真考虑过，并且决定这样做。

赫尔墨斯

你这个蠢材，是时候了，你应该大胆地，
面对眼前的苦难，作出正确的思虑。

普罗米修斯

你徒然把我烦扰，有如向波涛规劝。
你可永远别产生这样的想法，以为
我会因惧怕宙斯的旨意而变成妇女，
向我最最憎恶的敌人苦苦哀求，
像妇女那样把双手伸出向后翻转，①
请求他解除这镣铐。我不会那样做。

赫尔墨斯

据我看来，我这许多话都是白说，
因为我的请求没能使你心变软，

---

① 古希腊人乞援时把双臂向上伸直，掌心转向天空。

也没能安慰你。你就像一匹新驾的马驹
嚼着口勒不服羁绊，想摆脱缰辔。
但你因软弱的诡诈而变得狂傲无羁，
须知不善思考之人常常自负，
而这自负本身却没有任何价值。
请你想想，如果你不听我的规劝，
一种何等强烈的苦难风暴和巨浪①
会不可避免地降临于你。首先天父
会用轰鸣的雷霆和熊熊电火把这块
嶙峋的巨崖劈开，把你的躯体掩埋，
悬崖的巨臂仍会把你牢牢抱住。
须得经过很久的时光流逝，你才能
重新返回光明之中，这时宙斯的
带翼的飞犬，就是那嗜血而现红的苍鹰，
会贪婪地把你的躯体大块地撕碎，
它会每天不邀而至，开怀饮宴，
吞噬你那被不断啄食而变黑的肝脏。
你可不要期望这苦难终会有尽头，
除非有哪位神明出现，代你忍受
这些痛苦，自愿前往无阳光照射的
哈得斯和那塔尔塔罗斯的幽深领域。
请你对此认真思虑，我的这席话
不是假意虚诳，而是真实的奉劝，
因为宙斯的唇舌不知道杜撰谎言，
他说的一切会全部实现。我看你应该
仔细观察，认真思虑，不要以为
自负会比理智地思考更为优越。

① “巨浪”原文为“第三重浪”，古希腊人认为那是最大的浪。

歌队长

在我们看来,赫尔墨斯的这一番话语
并非不合时宜,因为他认真规劝你
放弃自负,寻求聪慧的理智思虑。
你就听从吧,明哲出差谬令人羞惭。

普罗米修斯

其实我早就知道这些消息,
他仍在这里叫嚷。忍受
敌方强加的苦难,并非耻辱。
就这样,让那电火的分叉鬈须
猛烈地射向我吧,让那天宇
在雷霆的轰鸣和狂暴的风暴袭击下
不断震颤,让大气的暴流把大地
从底部连同根基彻底摇晃,
让海上狂涛巨澜澎湃喧嚣,
高高地卷起,直冲空间星辰
循行的轨迹,让那必然的劫数
凭借猛烈的狂飙把我的躯体
高高卷起,投入昏暗的塔尔塔罗斯。
　　尽管如此,他仍不能让我死去。

赫尔墨斯

只有从心灵疯狂的人们那里
才能听到这样的决心和言语。
他如此混乱地发出这种祈求,
岂不是疯癫? 怎样使他变镇定?
可是你们这些神女啊,你们
深切地同情他遭受的种种苦难,

但请你们赶快离开这地方，
免得那雷霆的猛烈的狂呼怒吼
　　震颤你们的心灵，使你们变迟钝。

歌队长

请你用其他话语规劝我，
那样你也许能把我说服，因为你
刚才这些话令人难以忍受。
你怎能要我做那样的卑鄙事情？
我愿同他一起忍受一切苦难，
因为我知道憎恨那些出卖者①，
没有什么恶习
　　比这种恶行更令我憎恶。

赫尔墨斯

可是请你记住我的劝告，
不要待你们陷入不幸之中，
又把命运责怪，不要称说
是宙斯把你们投进那未曾料及的
沉重苦难。请不要这样，你们是
自己伤害自己，因为你们
知道一切，并非偶然不自觉地
投入无法觉察的苦难罗网，
　　而是由于你们自己的愚蠢。
　　（赫尔墨斯升天离去）

---

① 有人认为诗人在这里暗指特弥斯托克勒斯（约公元前528—约前462）。公元前490年，特弥斯托克勒斯曾参加过马拉松战役，抗击波斯侵略希腊，在公元前480年的萨拉弥斯战役中，他曾率领雅典舰队打败波斯海军，获得很高的荣誉。后来他于约公元前470年被控受贿，遭放逐。他几经辗转，于公元前465年前往波斯，受到波斯皇帝的礼遇。

普罗米修斯

看哪，这已是事实，不是空谈。
大地已经开始震颤，
雷霆滚滚，在地下深处发出
沉闷的轰鸣，闪电的火焰般鬈发
闪烁着明亮的光辉；风暴席卷，
旋起茫茫尘埃，各种气流
一起疯狂地奔突，互相撞击，
彼此冲突，扑向相对的方向；
大海腾起，和苍天浑然一片。
这强大的冲击无疑来自宙斯，
给人带来寒战，向我袭来。
啊，我无比神圣的母亲啊，
啊，普照世间万物的光亮大气啊，
　　请看我正遭受怎样不公正的虐待。

（悬崖崩塌，地面开裂，普罗米修斯和歌队在雷电中一起陷入塔尔塔罗斯深渊）

阿伽门农

埃斯库罗斯 著

王焕生 译

场次

1 **开 场**

第 1—39 行

2 **进场歌**

第 40—257 行

3 **第一场**

第 258—354 行

4 **第一合唱歌**

第 355—488 行

5 **第二场**

第 489—680 行

6 **第二合唱歌**

第 681—782 行

7 **第三场**

第 783—974 行

8 **第三合唱歌**
第 975—1034 行

9 **第四场**
第 1035—1330 行

10 **抒情歌**
第 1331—1342 行

11 **第五场**
第 1343—1406 行

12 **哀　歌**
第 1407—1577 行

13 **退　场**
第 1578—1675 行

人 物

守望人

歌队

由阿尔戈斯长老组成[①]

克吕泰墨涅斯特拉

阿伽门农的妻子

塔尔提比奥斯

阿伽门农的传令官

阿伽门农

阿尔戈斯和迈锡尼王[②]

卡珊德拉

被俘的特洛伊公主

埃吉斯托斯

阿伽门农的堂兄弟

---

① 阿尔戈斯在伯罗奔尼撒半岛东北部阿尔戈利斯境内，阿伽门农王及其弟墨涅拉奥斯的都城。

② 迈锡尼在阿尔戈斯北面不远。

地 点

阿尔戈斯

阿伽门农王的宫殿前空场上设有神像和祭坛

时 间

英雄时代[①]

① 据古代历史学家记载，特洛伊陷落于公元前12世纪末叶(也有说法是公元前1184年)。据考古材料推测，陷落的时间可能比这稍早一些，约在公元前13世纪初。

（一）

开　场

（暗夜中，守望人在宫殿屋顶上出现，翘首极目遥望）

守望人

我祈求众神明解除我的重重苦难，
整整一年的漫长守望，支撑着两肘①，
趴在阿特柔斯之子②的宫顶，有如一条狗，
　　使我清楚地认识了夜里群星的聚会，
　　它们给世间凡人送来寒冬和炎夏，
　　这些光芒闪烁的主宰，熠耀于太空，
（强大的星宿，它们何时沉降和升起。）③
我现在正守望可能出现的信号火光，
　　光亮的火焰，从特洛伊传来消息，
　　报告城市的陷落，因为她这样吩咐，
　　一个心性如男子的女人正这样期盼。
当我躺在这张令人难以入睡的
潮湿的卧榻，不被梦幻探望的卧榻——

① 先知卡尔卡斯曾预言，特洛伊将在战争的第十年陷落。因此克吕泰墨涅斯特拉差遣守望人在宫殿屋顶遥望特洛伊方向的动静。

② 阿特柔斯之子是阿伽门农和墨涅拉奥斯。

③ 此行疑为伪作。

　　因为恐惧代替梦境站立在侧旁，
　　它从没有使我的眼帘发沉入梦乡——
　　每当我想唱支歌曲或发点怨言，
　　准备点相反的声音作药剂对抗梦幻时，
我叹息不止，为这座宫殿的不幸哭泣，
因为它管理得不像昔日那样美满。
但愿现在能幸运地摆脱这重重劳苦，
暗夜里出现带来喜讯的火光使者。
　　（见远处出现火光）
你好，远处的火光，夜间出现的火光，
如同白天里一样明亮，你将给阿尔戈斯
带来欢歌漫舞，带来幸福的欢乐。
啊，啊！
我现在就给王后一个明白的信号，
让她赶快起床，在雄伟的宫殿里
发出吉祥的欢呼，向那远处的火光
致敬祝福，因为伊利昂的都城显然
已经陷落，既然燃起了报信的火光。
我自己该首先舞蹈起来，作为开场。
主人掷出了好运气，那我也要为自己
掷出这火光信号预示的三个六点①。
愿这座宫殿的主人归来，那时我将用
这只手握住主人无比亲切的胳膊。
其余的话少说，正如常言说一头水牛
压住了舌头。若是这宫殿自己能言语，
它会清楚地道出；对于知情的人们
我乐意叙说，对于不知情者我业已忘记。
　　（守望人自宫顶退下）

---

① 三个六点是玩骰子时最好的点数。

（二）

进场歌

（宫人自宫内上，点燃祭坛上的火焰后退下；由阿尔戈斯长老们组成的歌队进场）

歌　队

光阴荏苒已十载，自从那
普里阿摩斯的强大的指控者
墨涅拉奥斯和阿伽门农王，
阿特柔斯之子，由宙斯赋予
共同的强大王权和王杖，
离开这个国家，统率着
五千条船的阿尔戈斯大军[①]，
作为战斗辩护人出征，
愤怒地声称要进行恶战，
如同凶猛的鹰鹫，那鹰鹫
为丧失雏鸟伤心至极，
翱翔盘旋于鸟巢上空，
展翅如桨奋力地划动，
守卫自己的巢窝，尽管那

① 据荷马史诗《伊利亚特》第二卷提供的数目，共有战船一千一百八十六艘。

为雏鸟付出的辛劳已白费，
或许有哪位高空的神明，
阿波罗、潘神或宙斯听见
这些侨居者凄厉的怨诉，
为了惩罚这骇人的罪行，
会派来报仇神埃里倪斯。
强大的宾主神宙斯①也这样，
派遣阿特柔斯之子去惩罚
阿勒珊德罗斯②，因为那个
多丈夫的女人把无数战斗，
那使人膝头发软跪尘埃、
投枪被折断的累人战斗，
同样派给达那奥斯人
和特洛伊人。事情正像
现在这样，按命定结果。
无论是焚烧祭品或酹奠，
或是用无火焰的泪水祭祀，
都不能平息强烈的愤怒。

我们业已精力衰竭，
不能充当辩护的力量，
被留在家里，只有一点
稚童的力气，依靠着拐杖。
孩童胸中流动的髓液，
如同老年人流动的一般，
不含有阿瑞斯的战斗精神；
一个老人若过分年迈，

---

① 宙斯保护宾客和主人的权利。

② 阿勒珊德罗斯是特洛伊王子帕里斯的别名。

枝叶已干涸，靠三条腿行走，
丝毫不比孩童有力量，
却有如白日里飘忽的梦幻。
而你啊，廷达瑞奥斯的女儿①，
我们的王后克吕泰墨涅斯特拉，
有什么需要？有什么新闻？
或听到什么可信的消息，
竟传令到处举行祭祀？
为所有保护这城邦的神明，
所有的天神，所有的地神，
所有屋前的和市场的神明，
神坛上焚烧着祭献的礼品。
到处是熊熊燃烧的火炬，
火焰腾起，直冲天际，
火炬注满神圣的油脂，
柔和而真诚的鼓舞力量，
国王内宫深藏的祭品。
请把这事由告诉我们，
只要你能说，风俗允许，
以消释我们心中的忧虑，
我们时而预感有祸患，
时而献祭又带来希望，
这希望赶走难忍的忧虑
和那吞噬心灵的悲伤。

（第一曲首节）

我想说说杰出的将士们命定的
幸运出征，因为说服的艺术

① 廷达瑞奥斯是斯巴达王。

由神灵感示，我虽已年迈，
但仍保持着歌唱的能力。
我歌唱阿开奥斯人的
两位共王者，希腊青年的
齐心协力的首领，
手持报复的戈矛，
由猛禽载往透克罗斯①的国土；
众鸟之王②飞向舰队两统帅，
一只乌黑，另一只白色随后③，
出现在王宫殿宇近旁，
执持戈矛的手臂这边，
栖息在引人注目的地方，
啄食一只怀着后代的母兔，
断绝它的最后行程。
悲歌一曲，悲歌一曲，但愿吉祥。

（第一曲次节）
智慧的军中先知④回头看见
阿特柔斯的两个性格不同的儿子，
知道凶猛的食兔者象征
军队首领，便这样解释说：
“这次远征最终会
攻陷普里阿摩斯的都城，
城外所有的畜群，
人民丰富的财宝，
将被摩依拉强行劫掠一空。

---

① 透克罗斯是斯卡曼德罗斯河神之子，特洛伊第一位国王。“猛禽”指战舰。
② “众鸟之王”指鹰，鹰被视为宙斯的圣鸟。
③ 勒伯本原文此处为四行，按勒伯本分行译出。
④ “军中先知”指卡尔卡斯。

但愿不会有哪位神明生妒意，
使强大的军队——特洛伊的嚼铁蒙阴影，
　　由于怜悯之情使女神、
　　贞洁的阿尔忒弥斯生忌恨①，
怨父亲的生翼的猎犬竟然把
怯懦的妊兔未生育便可怜地杀献，
　　憎恶老鹰这样用餐。”
悲歌一曲，悲歌一曲，但愿吉祥。

　　（第一曲末节）
“愿那美丽的女神，她如此和善，
令猛狮尚难追随母亲的幼仔、
令所有生长于山林旷野的野兽的
贪恋母怀的乳儿们深感亲切的女神，
让这些朕兆预示的事实能应验，
因为朕兆吉利，虽然含不祥。
　　我祈求善心的拯救之神②，
　　愿他那妹妹不要掀起
　　长久难停息的逆向风暴，
　　阻碍达那奥斯人的船只③，
不要渴求另一次献祭④，不寻常的、吃不得的、
会引起家庭不和的、使妻子不畏惧丈夫的献祭，
因为可怕的、难消解的、狡滑的、好记仇的愤怒

① 第130—135行原文为四行。

② “拯救之神”原文为“派安”，意为“拯救”，通常指阿波罗。

③ 第145—150行原文为四行。

④ “献祭”指阿伽门农用自己的亲生女儿伊菲革涅娅给狩猎女神阿尔忒弥斯献祭，平息女神的愤怒，让风暴平息，使希腊舰队能顺利起航，前往特洛伊。此事使阿伽门农的妻子怀恨在心，成为她日后杀死阿伽门农的借口。

主宰着那个家庭,会起来为孩子报复仇怨。”①
卡尔卡斯这样预言巨大的幸运,
根据预示征途幸运的飞鸟对宫廷
预言命运,与这预言相和谐,
悲歌一曲,悲歌一曲,但愿吉祥。

(第二曲首节)

宙斯,不管他是何许人,
只要这称呼能令他满意,
我就用这名字称呼他。
我反复思考,除了宙斯自己,
没有什么能和他相比拟,
如果真正需要从心头
抛弃那愚蠢的沉重忧虑。

(第二曲次节)

从前那位神无比强大,
威猛英武,无与匹敌,
但如今没有人再把他提起②。
那位继他之后出生的神明
也因碰上胜利者而殒灭③。
谁热烈歌颂宙斯的胜利,
谁就会使一切变明智④。

(第三曲首节)

是宙斯给芸芸众生指出了

---

① 第150—155行原文为四行。

② 此处指天神乌拉诺斯。他被克罗诺斯战胜而失去统治权。第165—170行为四行。

③ 指克罗诺斯被宙斯战胜。

④ 第170—175行原文为四行。

智慧的道路，他公正地规定，
应该从苦难中寻求智慧。
每当回忆起遭遇的苦难，
睡梦中泪水淋漓落心头，
使人们从此行为变理智。
神明就这样降来恩惠，
坐在那神圣的舵手长凳上。

（第三曲次节）
阿开奥斯舰队的统帅，
受人尊敬的年长统帅，
丝毫没有责怪先知，
他服从命运的猛烈打击，
阿开奥斯军队无法起航，
忍受饥饿折磨，停驻在
卡尔基斯对面的奥利斯①，
巨大的潮汐来回奔淌。

（第四曲首节）
从斯特律蒙刮来风暴②，
恼人的滞留引起饥饿，
军队四处闲散地游荡，
船只和缆绳日见朽损，
时间就这样久久遭延误，
阿尔戈斯的花朵遭枯萎。
当先知把又一个办法，

---

① 卡尔基斯在希腊东部尤卑亚岛上，奥利斯是其对面的港湾，希腊军队出征特洛伊前在那里汇集。

② 斯特律蒙是马其顿河流，在卡尔塞斯的东北方。从那里刮来的强风正好使船只无法离港起航。

那比冬日里猛烈的风暴
更难忍受的拯救办法，
对首领们大声说出时，
并提到阿尔忒弥斯的名字，
急得阿特柔斯之子用权杖
猛击地面，顿然泪水潸潸。

（第四曲次节）
那年长的国王放声回答：
“若不服从，命运将险恶；
但这也太苦啊，要我杀死
亲生女儿，家庭的宝饰，
让父亲的双手在那祭坛边
被挨杀献的少女鲜血玷污。
可哪一种办法没有痛苦？
我又怎能丢下这舰队，
抛弃一起作战的盟军？
须知为阻住这猛烈的风暴，
人们迫切地希望献祭，
用一个处女流出的鲜血，
这也合情理，但愿如意。”

（第五曲首节）
当他被戴上命运的辕轭，
他的心骤然变得不虔诚、
不洁净，也不敬畏神明，
改变了主意，胆大无顾忌。
狂妄的迷乱常激励凡人，
给人坏主意，灾难的源泉。
由此他甘愿做一个献祭者，

祭献亲女儿，拯救那场
为一个女人而进行的战争，
为舰队顺利起行作祭祀。

（第五曲次节）
她的祈求，她对父亲的
神圣呼唤和处女的生命
都没能感动好战的首领们。
父亲祷告，吩咐执事人
把诚心扑倒在他的长袍前，
脑袋低垂的女儿举起，
如同小羊般放上祭坛，
让他们严密封住少女那
微微翘起的美丽嘴唇，
免得她对家庭发出诅咒。

（第六曲首节）
强加的辔头使她沉默，
紫色的袍裙向地面垂下，
明媚的双眼向每个执事人
射出饱含哀怜的目光，
如同图画里那样鲜明，
她很想能够呼唤他们，
她曾常常在附近的客厅里，
用她那处女的声音歌唱，
在进行第三次酹奠之后①，
亲切地赞和父亲的祝祷。

---

① 古希腊人餐后酹酒祭神，第一酹祭奥林波斯众神，第二酹祭众英雄，第三酹祭保护神宙斯。

（第六曲次节）

此后的事我未看见，无法说，
卡尔卡斯的预言不会不应验。
惩戒神会让遭不幸的人
学会变聪明。未来的事情
随它去吧，发生了便知晓。
预知等于预先受痛苦。
黎明后真相自会变明了。
但愿今后能诸事顺利，
如最亲近的人，阿皮斯[1]土地的
唯一屏障希望的那样[2]。

（三）

第一场

（克吕泰墨涅斯特拉自宫中上）

歌队长

克吕泰墨涅斯特拉，我遵从你的权威而来，

---

① 阿皮斯是阿尔戈斯先王。

② 对此语的含意理解不一，有人理解为如长老们希望的那样，有人理解为如王后希望的那样。

因为应该遵从为王者的妻后的吩咐，
当国王的宝座暂时虚位空缺的时候。
你是否听到什么好消息，或没有听到，
只是希望能够如此，便进行献祭，
我很想知道。如果你不说，我也无怨言。

克吕泰墨涅斯特拉

正如俗话说，愿黎明带来好消息，
因为它是母亲黑夜的孩子。
你会听到超过预料的喜讯：
阿尔戈斯人已占领普里阿摩斯的都城。

歌队长

你说什么？你的话令人难以置信地掠过。

克吕泰墨涅斯特拉

特洛伊已属于阿开奥斯人。我可把话说清楚？

歌队长

快乐潜进我心里，禁不住热泪涌流。

克吕泰墨涅斯特拉

是的，你的眼睛表明你一片忠心。

歌队长

怎么能令人相信？你有什么证据？

克吕泰墨涅斯特拉

当然有。怎么会没有？只要神明没骗我。

歌队长

或者你对动人的梦幻信以为真?

克吕泰墨涅斯特拉

我不相信昏睡的心灵产生的想象。

歌队长

或是什么无翼的流言使你高兴?

克吕泰墨涅斯特拉

你太小看我的智力,视我如孩童。

歌队长

那么城市是在什么时候被摧毁?

克吕泰墨涅斯特拉

告诉你,就是生育了这个黎明的夜晚。

歌队长

哪个报信人到来这里如此迅速?

克吕泰墨涅斯特拉

赫菲斯托斯从伊达山①传来明亮的光辉,
烽火台把火光信号一站站传来这里。
伊达山首先把火光传到利姆诺斯岛②的
赫尔墨斯悬崖,巨大的火光从海岛

---

① 伊达山位于特洛伊郊外。

② 利姆诺斯岛在爱琴海北部,距特洛伊约九十公里。

再传送到阿托斯半岛①高耸的宙斯峰，
然后继续传告，那不断跳跃的火光
有如欢乐的鱼儿蹦跳于辽阔的海面，
[……]②
那火炬有如太阳，闪烁着金色的光芒，
把火光直传到马基斯托斯山③高耸的望楼。
那山峰没有任何迟延，没有屈服于
沉沉昏睡，耽误自己的信使职责。
火炬的光焰经过尤卑亚海峡上空，
远远地把消息传给墨萨皮昂山④的守望人。
他们接过信号，继续向前传递，
迅速把大堆干枯的石南草熊熊点燃。
那火焰丝毫没有变暗淡，越烧越旺，
跳跃着越过辽阔的阿索波斯⑤平原，
如同皎洁的月光，直达基泰戎⑥悬崖，
在那里催促这火光信号的另一个传递者。
守望人没有拒绝远远传来的火光，
却点起比命令要求更强烈的火焰；
火焰越过戈耳工眼睛般可怕的湖面⑦，
迅速到达埃吉普兰克同⑧的蜿蜒山脊，

---

① 阿托斯是马其顿东南部的半岛，突入爱琴海中，距利姆诺斯岛约七十公里，半岛上的最高峰约一千九百公尺。

② 此处原文残缺。

③ 马基斯托斯山在尤卑亚岛北部，北距阿托斯半岛约一百八十公里，南距对岸的奥利斯约四十公里。

④ 墨萨皮昂山在波奥提亚东北海岸，与尤卑亚岛隔海相望，北距马基斯托斯山约二十公里，东南距奥利斯约十公里。

⑤ 阿索波斯在波奥提亚境内。

⑥ 基泰戎山在波奥提亚和阿提卡交界处。

⑦ “湖面”可能指基泰戎山麓南面的湖。

⑧ “埃吉普兰克同”意为“山羊游玩的山”，可能指基泰戎南约二十公里的革拉亚涅山。

鼓励守望人不要忘记点火的命令。
那里的守望人毫不吝啬，点燃烽火，
腾起一片巨大的火的鬈须，那火焰越过
俯瞰萨洛尼科海峡①的突出岸崖，
继续熊熊燃烧，然后逐渐下降，
到达阿拉克奈昂山②，与我们毗邻的望台，
最后终于降落到阿特柔斯之子的
宫廷顶上，它乃伊达山火焰的后裔。
这些就是我安排的火炬接力次序，
它们一个接着一个地不断传递，
那出发者和最后完成者都获得胜利。
这就是我想告诉你的事情证据，
我的丈夫从特洛伊传来的信号。

歌队长

尊贵的王后，我稍后再祈求神明。
但愿我能继续听你详细地讲述，
心中禁不住赞叹，请你继续往下说。

克吕泰墨涅斯特拉

特洛伊今天已属于阿开奥斯人。
我想城里的呼喊声不会有混淆。
当你把醋和油装进同一个器皿，
你会说它们不友好地彼此相敌视。
被征服者和征服者的声音听起来
也会像他们的命运，分成两半。
有些人扑倒在丈夫或兄弟的尸身上，

---

① 萨洛尼科海峡位于阿提卡和阿尔戈利斯之间。
② 阿拉克奈昂山在阿尔戈利斯境内，西距阿尔戈斯约二十公里。

孩儿扑倒在他们的生父的遗体上，
他们已不能用自由的喉咙
为自己至亲之人的命运哭泣。
另一些人为战后整夜掳掠而劳累，
饥饿地吞吃着城里可能供应的
任何早餐，不是按份额分配，
而是看各人得到的命运阄签。
他们现在已住在被攻占俘虏的
特洛伊人的家宅里，终于摆脱了
受霜露侵袭的露宿，也不需放哨，
可以像有福人那样安静地睡眠。
只要他们能敬重被征服土地的
保护城邦的神灵和神明们的庙宇，
征服者便不会反被他人俘虏。
愿军队不要萌生强烈的欲望，
做不应有的劫掠，被贪婪征服，
因为他们还需得安全返回家园，
转身跑完那往返跑道的返程路①。
纵然军队不冒犯神明地归来，
对死亡者的悲哀也会重新苏醒，
即使不发生什么意外的不幸。
你从我这个女人能听到的就这些。
愿事情顺利，大家肯定会见到。
在无数欢乐中我宁要这点好处。

歌队长

王后，你像审慎的男子聪明地说话。
我听到你叙说的令人信服的证明，

① 古希腊人赛跑时，在赛程的一半处立有标记，竞赛者在那里转弯折回。

我准备这就去向神明祷告祈求，
因为我们的苦难得到了应有的偿付。

（四）
第一合唱歌

歌队长

（序曲）
宙斯主上啊，敬爱的黑夜啊，
拥有璀璨装饰的黑夜啊，
你向特洛伊城墙撒下
覆盖的罩网，无论年长
或年少，都不可能逃脱
这口巨大的奴役罗网，
这网罗一切的不幸苦难。
我尊敬伟大的宾主神宙斯，
是他做成这件事，他早就
对阿勒珊得罗斯张开弓，
那箭矢不会不中的，也不会
偏向星辰，白白地落地。

（第一曲首节）
人们说这打击来自宙斯，

这一点有迹象可以寻觅。
他如愿地做成了这件事。
有人说神明不屑费心于
凡人践踏神恩的行为，
这样思想对神明不虔敬。
不应有的狂傲骄纵
必然招来严厉的惩罚，
当有人地位显贵无比，
家宅里财富充盈过分，
超过最为合适的限度。
聪明人往往安然无恙，
他们满足于命定所得。

如果一个人富裕得超过
应有的限度，把正义女神的
巨大祭坛一脚踢翻，
那他就失去了不可见的保障。

（第一曲次节）

是那邪恶的劝诱之神，
好预谋的迷惑之神生育的
难以抵御的女儿驱使他，
一切拯救都枉然白费。
伤害暴露，如炫目的阳光。
有如劣质的青铜制品，
受到摩擦和打击之后，
颜色会变得凝重乌黑，
他受惩罚也理所当然；
又如那孩童追逐飞鸟，
给城邦带来深重苦难。

神明不听取任何祷告，
而是对他们中的主谋
严厉地做出了公正的惩罚。

帕里斯即是此等之人，
他去到阿特柔斯之子的宫邸，
玷污了礼待宾客的宴席，
狡猾地拐走了主人的妻子。

（第二曲首节）

她给同邦人留下的是
盾兵的纷乱、伏击
和水兵的装备器具，
给特洛伊带去难忍的毁灭作嫁妆，
迅速地穿过大门，
敢于做他人不敢做的事情。
宫中的先知们不断叹息：
“啊，啊，这宫廷，这国王，
啊，这床榻和妻子的脚步。
只见被抛弃者受辱慢，
但沉默不语，也无怒骂。
深刻怀念海外的人儿，
似仍有幻象在管理宫阙。”

高大的雕像美丽、妩媚，
却令丈夫厌恶涌心头；
雕像没有双眸，
动人的热情已消退。

（第二曲次节）

“梦中出现的形象温顺，
　　但它们带来的是
　　虚幻徒然的欢乐。
那是徒劳，因为他以为看见了亲爱者，
　　那幻影已从他手里
　　迅速溜掉，不会再展翅
循着梦幻的道路回归。”
这就是那宫中炉灶①边的悲愁，
此外还有事比这些更悲苦。
自从远征者一起离开
希腊土地，每个家庭
都承受了巨大的苦难。
无数的不幸刺痛心扉。

须知家家都曾送征人，
而今个个企盼征人返，
　　但见那罐罐骨灰，
　　替代亲人返故里。

　　（第三曲首节）
用黄金兑换阵亡者尸体的阿瑞斯
在戈矛激战中提起一杆天秤，
　　从伊利昂的火葬堆②，
　　把催人泪下的金沙③
　　遣送给他们的亲人，
　　装入轻便的骨灰罐，

① 古希腊人每个家庭堂屋中央都有炉灶，是家庭的象征。
② 第435—440行原文为四行。
③ “金沙”喻骨灰，由秤称金银引申。

　　替代男儿们的真身。
人们哀悼死者，称赞
　　这人如何善于战斗，
　　那人在激战中英勇倒下——
“只是为了他人的妻子。”
有人低声地这样抱怨。
强烈的怨愤在暗中蔓延，
　　反对受控的阿特柔斯的儿子们。

那些倒在城墙下的人
就在当地，在伊利昂土地上，
形象美丽地享有坟茔，
是敌国土地埋葬着他们。

　　（第三曲次节）
市民们的沉重怨言蕴含着郁愤，
需要为人民的诅咒付出代价。
　　我心中害怕，怕听到
　　隐藏在黑夜中的消息[1]。
　　神明并非不注意
　　多行杀戮的人们。
　　穿黑袍的埃里倪斯啊，
终会使好行不义之人
　　命运逆转人生受折磨，
　　声名默默无闻被湮没，
永远不可能获得拯救。
一个人声名过重是一种
沉重的负担，从宙斯那里

① 第455—460行原文为四行。

　　会降下霹雳射向他的双眼。

我宁享不会遭嫉妒的幸福①，
我不去摧毁他人的城市，
也不想看到自己的生活
处于其他人的施舍之下。

　　（末曲）
火光传递喜讯，
送来的快讯已传遍
整座城市，谁能知道它真实，
抑或神明在欺骗我们。
有谁这样幼稚或心性愚昧，
火光传告的消息使他
心情激动，一旦情况有变化，
他又立即会懊恼沮丧？

这符合女人的性格，
消息传来便谢恩祭神。
女人的心灵太轻信，
很容易被占领，但女人传播的消息
　　也会很快飘散消逸。

---

①　古希腊人认为，生活过分幸福会招神明嫉妒而受惩罚。

（五）

第二场

歌队长

我们很快就会知道，守望台燃起的
明亮的信号火炬和火光的轮次传递①
送来了真实消息，抑或有如梦幻，
这令人高兴的火光显现欺骗了我们。
我看见有一个传令官从高高的海岸边
来到橄榄枝的浓荫下，那干燥的尘埃，
泥土的孪生姐妹，正清楚地向我表明，
他不会是个哑巴，不会是山中林木
燃起的熊熊火舌，靠火焰的烟气说话，
而是要更清楚地报告可喜的消息——
我不愿听见与这消息相反的话语，
但愿这火炬传递的是喜讯加喜讯。

一长老

若有人为这城邦作另样的祈祷，
愿他自己收获他心中的恶报应。

---

① 第485—490行原文为四行。

（传令官急急跑上，俯身吻地）

传令官

啊，阿尔戈斯大地，祖国的沃土，
一别十个年头，今天回到你这里，
许多希望都断了线，只有一个实现。
真没有想到我还能死在阿尔戈斯，
在这里分享一份最感亲切的墓地。
你好啊，故乡土地！你好啊，明亮的阳光！
这方地域的最高神宙斯啊，皮托王[①]啊，
请不要再挽弓，向我们不停地放箭矢。
你在斯卡曼德罗斯河[②]边敌视我们，
现在请你，阿波罗王啊，做我们的
救主和神医。我向所有保护竞赛的
神明致敬，向我的保护神赫尔墨斯，
敬爱的传令神，受传令的人们崇奉的神明，
还有那派遣我们出征的众英雄[③]，请你们
善心善意地迎接戈矛下残存的军队。

啊，国王的殿宇，啊，国王的宫邸，
啊，国王的宝座，啊，迎朝阳的神像[④]，
请你像从前一样，圆睁灿烂的双眸，
与他们的身份相称地迎接久别的君王，
因为他在黑夜里给你们，也给大家，

---

① 皮托王指阿波罗，皮托是得尔福的别称。

② 斯卡曼德罗斯河是特洛伊地区主要河流。特洛伊战争期间，阿波罗曾在那里对希腊军队放箭，报复阿伽门农侮辱他的祭司，给希腊军队造成很大的伤亡。故事见荷马史诗《伊利亚特》第一卷。

③ 指当时派遣军队出征，现在已经故去的城邦首领们。

④ 神像朝东而立。

带来光明——这就是国王阿伽门农。
请你们热烈欢迎他吧,应该如此,
因为他已经用惩戒之神宙斯的长锹
彻底夷平了特洛伊,摧毁了它的土地。
特洛伊的神明的祭坛和庙宇已经消失,
所有田地里播下的种子也都被毁灭。
就是他把这样的辕轭驾给了特洛伊,
阿特柔斯的长子,国王,幸运的人儿,
他回来了,凡人中他现在最该受尊敬,
帕里斯和同他一起遭惩罚的城邦
不会再夸说他们造成了更大的灾难。
他进行抢劫,进行盗窃,理所当然地
吐出了全部抢劫掠夺得到的赃品,
使自己国家的土地和家园彻底遭毁灭。
普里阿摩斯之子付出了双重的代价。

歌队长

从阿开奥斯军队归来的传令官,高兴吧!

传令官

我高兴,若神明让我现在就死去,我也乐意。

歌队长

对故邦土地的思念使你受折磨?

传令官

我现在高兴得双眼充满了泪水。

歌队长

你们害的是一种令人愉快的疾病。

传令官

什么？请解释，让我明白你的意思。

歌队长

你们思念那些也思念你们的人。

传令官

你是说人们也思念那思念故土的军队？

歌队长

是这样，忧郁的心常使我发出呻吟。

传令官

你为何悲伤？心中为何产生怨恨？

歌队长

我早就采用避免祸患的良剂——沉默。

传令官

什么？国王出征在外，你害怕何人？

歌队长

非常害怕，正如你所说，死了更乐意。

传令官

我是说事情已成功。在那漫长的岁月里，
有些事情有人会说进行得很轻松，
有一些则进行得不顺利。但除了神明，
谁又可能一生中永远会一切顺利？

说起我们经历的苦难和难忍的露宿，
狭窄的居住地方，简陋不堪的铺位，
哪一件不令人哀叹，每天都得承受？①
至于陆上的生活，那令人更难忍受。
我们的宿营地就在敌人的城墙下，
从天空霏霏降下，从草地盈盈渗出，
颗颗露珠把我们打湿，侵蚀损害
我们的衣服，使我们的头发生满了虫虱。
若是有人想说起冻死飞鸟的冬季，
那伊达山的寒雪简直令人难以忍受，
或者说那炎夏，大海在中午时分
也变得风平浪静，平卧着沉沉睡去——
但何必还为这些事伤心？苦难已过去。
对于那些阵亡者，苦难确实已过去，
他们不会希望起来再忍受它们——
何必一一计算那些死去的人们，
生还者为何还对那些苦难怀忧愁？
我认为应该对那些艰难困苦道再见。
对于我们这些阿尔戈斯军队残存者，
顺利具有更重的分量，苦难难比拟。
我们可以对太阳光线这样自夸，
让这声音翱翔于大海陆地之上：
"阿尔戈斯军队夺取了特洛伊城，
这些是献给希腊众神明的战利品，
是军队悬挂在神庙里的永存礼物。"
听到这话的人定会赞美这座城邦
和他的将领。宙斯促成了这次胜利，
这恩惠将会受敬重。我暂且向你说这些。

---

① 有人把后半行改为"得不到每天的份粮"。

歌队长

你的话把我说服，我不想作任何反驳，
须知青年常常能很好地把老人教诲。
（见克吕泰墨涅斯特拉自宫中上）
最该关心这个消息的是这座宫廷
和克吕泰墨涅斯特拉，我也一起听。

克吕泰墨涅斯特拉

我早就高兴得禁不住要大声地欢呼，
当夜间第一个火光使者到达这里，
报告特洛伊被占领和摧毁的消息。
当时有人责备我："凭这些信号火光，
你就认为应相信特洛伊已被摧毁？
女人的心灵确实就是这样好激动。"
这些指责曾使我感到迷茫不定。
但我仍然进行了献祭，以妇女为榜样，
人们在城里到处发出胜利的欢呼，
前往神庙向众神明虔诚地祈祷，
芬芳的火焰烟气萦绕，朦胧一片。
现在何须你更详细地对我叙说？
我自会向国王本人了解全部真情。
我现在得赶紧去准备，以最好的方式，
迎接最尊贵的丈夫归来。在妻子看来，
有什么阳光会比今天更令人愉快，
神明使她的丈夫从战争中平安归来，
她为他开启大门？请这样转告我丈夫：
请他，城邦爱戴的国王，快快归来；
他回来后会看到，妻子忠实守家宅，
仍像他离去时那样，做他家的看门狗，

对他一片真诚，对心怀叵测者不容情，
在其他方面也一如往常，他留下的封印
在漫长的时间里也没有遭任何的损坏①。
我不知道其他男子的欢乐或可鄙的
流言蜚语，胜过不知道给铜淬火。
这样说未免夸口，但若是一片实情，
一个贞洁的妻子这样说就无须羞耻。
（克吕泰墨涅斯特拉转身回宫）

歌队长

她这样自我表白，你也听得清楚，
令敏锐的知情者觉得言语堂皇。
传令官，现在请说说墨涅拉奥斯的情况，
他是否也平安无恙地同你们一起
归返故土，这地方受人尊敬的君王。

传令官

我不能把虚假的事情说得漂亮，
让朋友们长久地享受虚假的欢乐。

歌队长

你怎样能既报告喜讯，又说真话？
如若二者分开，实情就难以掩盖。

传令官

国王已从阿开奥斯军队中消失，
他本人连同他的船只。我不说假话。

---

① “封印”指阿伽门农出征时封存于家中的贵重财物，钤上了自己专有的印记。

歌队长

是他从伊利昂当众扬帆而去，
还是共同的灾难风暴把他刮走？①

传令官

你有如一个高明的射手一箭中的：
你一语道出了他经受的无穷苦难。

歌队长

根据来自其他航海人的传闻，
他仍然活在世上，还是已经死去？

传令官

没有人能清楚地说出他的消息，
除非那养育大地众生的赫利奥斯。

歌队长

请说说风暴如何因众神的愤怒
袭击我们的船队，灾难又如何结果？

传令官

欢乐的日子不应报告恶讯的
语言玷污，这样对神不虔敬。
如果一个报信人面色凄怆地
向城邦报告军队悲惨地覆灭，
城邦遭到某种共同的创伤，

① 据说特洛伊陷落后，阿伽门农与墨涅拉奥斯发生争执，墨涅拉奥斯先行起航离开。参阅荷马史诗《奥德赛》第三卷。

许多公民被逐出自己的家宅，
遭受双重的鞭打，阿瑞斯喜爱的
双重枪矛，沾着血污的辕轭，
若是他心怀这许多沉重的苦难，
那他宜于为埃里倪斯唱赞歌。
当他带着事情吉利的佳讯
回到这座欢乐庆幸的城市——
我怎么能把佳音和噩耗相混，
报告阿开奥斯人按神意遭风暴？
火焰和大海本来互相为仇①，
后来却表示信义，结成联盟，
摧毁阿尔戈斯人的不幸军队，
夜间掀起凶恶的巨澜狂涛。
从特拉克刮来的风暴②使船只
互相碰撞，它们受席卷的狂风
和猛烈的暴雨袭击，被凶恶的牧羊人
赶进旋转的涡流，骤然遭毁灭。
当太阳的明亮光线高悬空中，
我们看见爱琴海上撒满花朵，
阿尔戈斯人的尸体和船只碎片。
但有人却使我们和我们的船只
安然地离去，或由于他的请求，
他定然是神明，非凡人，为我们掌舵。
救主命运神也高坐于我们的船上，
船只未受风浪颠簸地驶进港，
也未偏航向，撞上坚硬的礁滩。

---

① 此处火焰和大海喻雅典娜和波塞冬。在特洛伊战争期间，雅典娜站在希腊人一边，波塞冬支持特洛伊人，这时他们却联合起来，对付希腊人。

② 特拉克在爱琴海北部，从那里刮来的风为东北风。

我们就这样躲过了海上的死神，
见到白天，但仍不敢相信幸运，
心中考虑可能面临的新不幸，
军队疲惫，遭受严重的打击。
现在如果那些人还有人活着，
他们会以为我们已经遭不幸，
我们现在也认为他们已遭难，
羊群死亡，造成难忍的损失。
愿一切顺利。唯愿墨涅拉奥斯
仍然活着，现今最大的期望。
只要太阳的光芒发现他活着，
看得见阳光，因为宙斯还不想
消灭这家族，我们便可希望他
终会在宙斯的保护下返回这宫廷。
请相信，你所听到的全是真情。

（传令官下）

（六）
第二合唱歌

歌　队

（第一曲首节）

是谁想起了这名字，

各方面完全相吻合——
是否我们看不见的
某神灵预知命运，
恰当地一语道破，
给激起干戈和争吵的
女人起名为海伦？
她害船害人害城邦①，
在她走出帷帘②，
借助强劲的西风，
扬帆出航之后，
许多持盾的将士
如猎人循着桨踪③，
来到西摩埃斯河④的
绿阴浓密的河岸旁，
被血腥的争吵神激励⑤。

（第一曲次节）
愤怒神给伊利昂遣来
这名副其实的苦难，
实现了自己的意愿，
好日后惩处那些
不敬重待客筵席
和宾主之神宙斯⑥，

---

① “害”谐“海”，希腊原文“海伦”与“害”形似。

② 第685—690行原文为四行。

③ 第691—695行原文为四行。

④ 西摩埃斯河流经特洛伊近郊，是斯卡库得罗斯河的支流。

⑤ 据希腊神话传说，特洛伊王子帕里斯拐走墨涅拉奥斯的妻子海伦和希腊人为此组织大军进攻特洛伊都是由于争吵女神的挑动。

⑥ 第700—705行原文为四行。

却喜好赞颂新娘的
欢乐婚曲、为婚礼
祝祷唱赞歌的亲人们。
普里阿摩斯的古老都城
学会唱另一支赞歌，
吟叹巨大的悲哀，
帕里斯的不幸婚姻，
那给国人们带来
毁灭和悲楚的姻缘①，
城邦为此遭屠戮。

（第二曲首节）
有人在家中喂养了一只
年幼的狮崽，被夺自
母怀，依然怀恋母乳；
在它尚且幼小的时候，
它温顺驯服，令儿童喜爱，
亦令老年人欣悦欢乐。
它常偎依于人们的怀抱，
有如一个新生的幼儿，
目光炯炯地望着人们的手掌，
摇摆尾巴乞怜于人们以果腹。

（第二曲次节）
待它随时光的流逝长大，
它便露出了父母的本性。
感谢人们的抚育之恩，
它大杀羊群，制造不幸，

① 第710—715行原文为四行。

不受委命地准备筵席，
使整座住宅染满鲜血，
给这家人带来巨大的灾难。
天意如此，使这个家庭
养育毁灭之神的祭司。

（第三曲首节）
当初她去到伊利昂都城，
我或许可以说，
是无风的静谧①，
富有人家的平静装饰，
双眼射出的温柔利矢，
动人心魄的爱情花朵。
但后来恶魔扭转了方向，
使这场婚姻结出了恶果，
这位难交往的不速之客，
普里阿摩斯的儿子们的灾星，
受宾主之神宙斯差遣，
让新娘悲泣的埃里倪斯。

（第三曲次节）
历来有古训流传人间，
若有人福运亨通，
那福运会生育子女，
不会无后嗣地死去，
但那巨大的幸运会为他②
生出无穷无尽的灾难。

① 第735—740行原文为四行。
② 第750—755行原文为四行。

我却有与众不同的看法，
须知只有不义的行为
　　才会生出恶劣的子女，
　　与它自己相似的后代[1]，
　　命定公正善良的家庭
　　永远会有美好的儿孙。

（第四曲首节）
那年代古老的许布里斯[2]
常会在人类的灾难中，
生育出年轻的许布里斯，
只要降临那注定的时间。
这是新生的恶魔、怨恨，
不可抵御，不可战胜，
不敬畏神灵，是鲁莽之神，
坐镇家宅的黑色的阿特，
如同它的生身父母。

（第四曲次节）
狄克却常在烟气弥漫的
陋舍里显露自己的光彩，
她敬重行为正直的人们[3]。
对那些金光夺目的宅第
和不洁的双手她侧目离去，
前往圣洁清白的人家，
蔑视那因受世人赞誉

① 第756—760行原文为四行。
② 许布里斯是普通名词的神化，此词意为傲慢。
③ 第771—775行原文为四行。

而膨胀夸大的财富力量，
把一切引向应有的结果。

（七）

第三场

（阿伽门农乘车辇上，卡珊德拉乘车随上，歌队上前欢迎）

歌队长

国王啊，特洛伊的毁灭者，
　　阿特柔斯的后裔，
该如何向你欢呼，向你致敬，
才能不超越限度，也不怠慢，
　　恰如其分地欢迎你？
世间许多人过分注重外表，
　　超过了应有的限度。
当一个人陷入不幸，人人都会
向他表同情，但悲痛的尖刺
　　从不会刺进他们的心里。
人们欢庆时他们假装同欢庆，
勉强他们那充满悲仇的面容。
一个聪明人能很好地分辨羊群，
他不会看不出一个人的眼睛，
当那人貌似一片善良的用心，

用掺了水的热情献媚时。
在我看来，你当年率军出征，
为了海伦，我对你实不相瞒，
你给自己勾画的形象很愚笨，
未能把你心中的舵柄系好，
你为了那自愿的无耻行为，
使许多人丧失了性命。
现在我从心灵深处、真诚地[……][①]
辛苦对于成功之人是愉快。
不久你就会打听明白分清楚，
那些留下来守卫城邦的公民中，
谁行为公正，谁行为不相宜。

阿伽门农

我首先应该向阿尔戈斯和本地的
众神明致敬，他们曾帮助我归返
和公正地惩罚普里阿摩斯的城邦。
当初神明们无需用言语控告地
审判这事件时，坚决地把判处死罪——
判处伊利昂遭毁灭的判决票投进
血腥的票壶里，希望之神走向
对面的票壶，但没有判决票投进去[②]。
现在那陷落的城市以烟云标识自己，
灾难的风暴仍在继续肆虐，
余烬散发着浓烈的财宝气味。
为此我们应该向神明谢恩，

① 原文此处有残缺。第781—785行原文为四行。

② 公元前5世纪雅典法庭的判决分判罪票和免罪票，陪审员把自己的判决票投进相应的票壶里。

铭记神明的恩惠,我们报复了
那放肆的劫掠,由于一个女人,
阿尔戈斯的猛兽荡平了城市,
那是一群马驹,持盾的战士,
在昴星下沉时跃出一起冲杀,
他们越过护墙,如食肉的猛狮,
舔尽王族的鲜血,饱餐一顿。①

我以这段开场白禀告神明。
你的一席话我也听清记住,
我也想那样说,我同意你的话。
须知世间只有很少的人能够
不怀妒意地敬重走运的朋友,
因为敌视的毒素渗入心灵,
使患有此病者忍受双重的折磨:
他既为自己遭到的不幸苦恼,
见他人得利幸运又深深叹息。
我凭观察敢于说,我非常了解
人际这面镜子,有些人对我
非常忠心,却只是镜中的幻影。
唯独奥德修斯,他本不愿出征,
但一戴上轭,便甘愿为我作战马,
不管他现在已死去或还活在世上,
我都这样说。有关城邦和神明的
其他事宜,我们将召开大会,
共同会商。我们应认真考虑,
让那些良好的政制长久保留,

① 特洛伊是被藏在木马里的军队里应外合地攻陷的。昴星又称七簇星。在希腊昴星于每年5月初至11月初出现,“昴星下沉时”指深夜时分。

若是有什么地方需要治疗，
我们就不妨认真地医治或切除，
　　拔除疾病可能造成的危害。
现在我且进宫，前去厅里的
炉灶跟前，首先向神明致敬，
他们送我出征，又让我回返。
愿胜利伴随我，永远和我同在。
　　（克吕泰墨涅斯特拉自宫中上，众侍女抱着紫色地毯随上）

克吕泰墨涅斯特拉

城邦公民们，阿尔戈斯长老们，
我并不羞于在你们面前表白
我对丈夫的爱情，时间使人们的
羞怯感消失。我并非从他人的经历
明白这一点，我要说的是我自己的
痛苦生活，当他在伊利昂城下时。
首先一个女人和丈夫分离，
独居家中，这已是可怕的不幸，
此外还得听许多恶意的传闻，
传来一个，接着又传来另一个，
比前者更坏，向宫廷报告灾难。
如果我丈夫经受的创伤次数
如同传闻带进我家的那样多，
那他身上的伤迹会比捕网还稠密。
如果他像传说的那样死过，
那他是第二个革律昂[1]，有三个身体，
（只说上面的泥土，下面的不必说，）
他可以夸说自己有三层泥袍，

---

① 革律昂是一个有三个身体的怪物。

如果他在每一种形态下死过。
正是由于这些恶毒的传闻，
人们曾许多次强行从我的脖子上
解开悬挂的绳索，不让我上吊。
因此孩子现在也不在身边，
我和你的盟誓的应有保证
奥瑞斯特斯，请你不要诧异。
他现在由忠心的朋友福基斯人①
斯特罗菲奥斯抚养，他警告我面临
双重的不幸：你在伊利昂城下
身陷危险，若人民发生骚乱，
会把议会推翻，因人的天性
喜好对倒下之人多踢几脚。
我这个辩解没有任何欺诈。

说到我自己，我那涌溢的泪泉
已经干涸，没有一滴残留。
我深夜不寐，双眼痛楚难忍，
哭泣着盼望报告你归来的火光，
但那火总不见燃起。在我入眠后，
甚至蚊虫尖细的营叫也常常
把我从梦中惊醒，我看见你
遭受苦难超过我睡觉的时间。
忍受过这一切，现在我要无忧虑地
称呼我的丈夫是守卫宅第的看家狗，
船只安全的帆索，崇楼广宇的
稳固立柱，父亲心爱的独生子，
意外地出现在水手面前的陆地，

① 福基斯在希腊中部。斯特罗菲奥斯是福基斯王，奥瑞斯特斯的姑父。

暴风雨过后显现的晴朗天空，
口渴的旅人见到的盈溢泉流。
躲过一切艰难困苦令人愉快，
用这些赞词欢迎他完全应该[①]。
让嫉妒离开，须知我们承受过
那么多艰辛苦难！亲爱的夫主啊，
现在请你下车，但请你不要把脚，
伊利昂的征服者，主上啊，踩到地上。
侍女们，你们奉命把这花毯
铺在地上，现在为什么迟延？
把那紫色花毯铺一条直路，
让正义女神引他进意外的宫殿。
至于其他事情，未曾昏睡的心灵
会作安排，有神明帮助命注定。

（众侍女铺开花毯）

阿伽门农

勒达[②]的女儿，我的家宅守护者，
你这番话语有如我的离别，
因为你刚才把话说得太冗长，
称赞应适当，并由其他人来做。
此外也不要以妇人方式娇宠我，
不要按对待蛮族君王的礼仪，
匍匐在地，张大嘴对我欢呼，
不要用毡毯铺路，引起嫉妒，
只有对神明才应这样表敬意。
身为凡人，踩上美丽的毡毯，

① 古希腊人认为，过分夸赞会令神明嫉妒。

② 勒达是斯巴达王廷达瑞奥斯之妻，海伦和克吕泰墨涅斯特拉的母亲。

令我怎么也不能不心生恐惧。
请把我作为人，而非神明来礼敬。
净鞋的擦子和斑驳的毡毯二者
称呼有差异，不作非分的妄想
是神赐的最好礼物。人生只有
结束于幸运中才堪称幸福的人生。
如果我这样做，我会心无畏惧。

克吕泰墨涅斯特拉

现在请你把真实想法告诉我。

阿伽门农

告诉你，我不会悖逆我的想法。

克吕泰墨涅斯特拉

你是不是畏惧神明，不敢这样做？

阿伽门农

如果有哪位祭司说需要这样做。

克吕泰墨涅斯特拉

若普里阿摩斯获胜，你以为他会怎样做？

阿伽门农

我想他会兴奋地踩踏毡毯。

克吕泰墨涅斯特拉

请你不要惧怕人们的指责。

阿伽门农

可是人民的呼声强有力量。

克吕泰墨涅斯特拉

不被人嫉妒之人不值得羡慕。

阿伽门农

喜好争辩并非妇女的本分。

克吕泰墨涅斯特拉

让步对于幸运者有时也适宜。

阿伽门农

你很看重在这场争执中获胜?

克吕泰墨涅斯特拉

让步吧,你自愿退让也算你胜利。

阿伽门农

既然你这样希望,那就让人
脱掉我的长靴,我脚下的奴仆。
当我踏上这些紫色的毡毯时,
愿神明不会抛下嫉妒的目光。
用脚毁坏家财——用钱买来的
珍贵织物,令人感到羞惭。

（侍女们脱下阿伽门农的长靴,阿伽门农下车,踏上锦毯,回顾身后的卡珊德拉）

此事就这样。请好好把这位客人
带进宫去,一个人友善地待客,
神明会从天空慈爱地看着他。
没有人会甘愿戴上受奴役的辕轭,
她是从无数战利品中挑出的花朵,

军队给我的奖赏，随我而来。
现在既然我不得不听从你安排，
我就踩着这些花毯进宫去。

（阿伽门农向王宫走去）

克吕泰墨涅斯特拉

大海就在那里——谁能吸干它？
它提供许多与银等价的染料，
新鲜的液汁，可用来印染织物。
国王啊，蒙神明恩惠，宫中拥有
无数现成的储藏，从不匮乏。
我愿把无数锦毯铺向神庙，
只要神明吩咐我们这样做，
作为拯救这条性命的回报。
根儿存在，叶蔓便会长进家，
蔚然成荫，把天狗星①的暑热遮挡。
而今你终于回到家宅的炉灶边，
这一归来有如冬日里见温暖。
即使在宙斯把酸涩的葡萄变成
佳酿的时候②，这屋里也会很清凉，
只要一家之长安然返回这宅邸。

（阿伽门农进宫）

宙斯啊，全能的宙斯，请实现我的心愿，
愿你关心促成你希望实现的祈求。

（克吕泰墨涅斯特拉进宫，众侍女随行）

---

① 天狗星在每年 8 月 24 日至 9 月 24 日与太阳同时升降，这时是一年中最热的时期。此处遮住天狗星即遮住太阳之意。

② 即夏天。那时暑热催促葡萄成熟。

（八）

第三合唱歌

歌　队

（第一曲首节）

为什么一股恐惧
总在我所预感的
心头来回地飞舞？
　　当我那自愿的、不求报酬的、
　　善歌唱的心作预言时，
　　无法把这恐惧如同
　　难理解的梦幻驱赶，
　　让顺从的勇气坐在
　　我这心中的宽椅上。
多少时光已逝去，
自从收回船尾索，
扬起岸边的沙尘，
水军前往伊利昂。

（第一曲次节）

现在我亲眼看见，
目睹征人们归返，

但无需琴音伴奏，
　　心中却唱起埃里倪斯的悲歌，
　　自学自会地发自内心，
　　感觉不到一点勇气，
　　来自对未来的期望。
　　我的心灵没有狂乱，
　　死亡在正义的心中
正旋向终结的涡流。
愿这是我期望那
幻觉虚渺地纷呈，
最终不会成现实。

　　（第二曲首节）
一个人若健康过分，
不重视应有的限度，
那和它隔墙而居的
疾病便会倾压过来。
一个人身处幸运时，
航行无忌他也会
突然触上不幸的礁岩。
这时为了挽救货物，
惊恐中扔出部分装载，
求得符合比例的承重，
整个家庭不会遭不幸，
有如这时船只也不会
　　因装载过多而沉没。
宙斯的丰盛礼品，
犁沟的丰饶收获，
　　年年解除人们的饥馑。

（第二曲次节）
一个人若一旦死去，
那黑血洒滴到地上，
有谁能歌唱祈祷[1]，
把那生命重新召回？
否则那宙斯就不会
把善起死回生者杀死，
维护固有的自然秩序[2]。
如果人的命运没有被
置于神明的规则之中，
不可能得到新的补充，
那么我的心便会抢先于
舌头，道出一切事情。
现在它只能暗中嘟哝，
忍受折磨，难以把
那预感说明清楚，
心潮激荡如火焰被鼓起。

① 第1016—1020行原文牛津本为四行，勒伯本为三行。

② 此处典出阿斯克勒皮奥斯的故事。阿斯克勒皮奥斯是阿波罗的儿子，从马人喀戎学得医术，曾经把一个已死的人救活。宙斯为维护自然界固有的秩序，用雷电把阿斯克勒皮奥斯击死。

（九）

第四场

（克吕泰墨涅斯特拉由宫中重上）

克吕泰墨涅斯特拉

你也进去，卡珊德拉，我说你①。
既然宙斯仁慈地让你来我家，
共享祭礼净水，同众多的
奴仆们一起站在家神的祭坛旁，
那就请下车来吧，不要太傲慢。
据说阿尔克墨涅的儿子也曾经
卖身为奴，不得不吃奴隶的大麦饼②。
一个人若被这样的命运所迫，
那他应庆幸去到有祖业之家。
有些人意外地获得丰富的收成，
对待奴隶却总是很残忍苛刻。
你已经知道我们怎样待奴隶。

---

① 第1031—1035行原文为四行。

② “阿尔克墨涅的儿子”指赫拉克勒斯，是宙斯和阿尔克墨涅所生。赫拉克勒斯犯杀人罪后患病，不得不按照神示要求，给吕底亚王后昂法勒为奴三年，把所得报酬交给死者的父亲以赎罪。

歌队长

（对卡珊德拉）
她在对你说话，说得很明白。
你既然已被命运的罗网俘获，
你就得服从，不管你愿意不愿意。

克吕泰墨涅斯特拉

如果她不是有如一只燕子，
只知道令人费解的蛮族语言，
我的话会令她动心，把她说服。

歌队长

（对卡珊德拉）
你跟她去吧，现在的话最温和，
快离开座位下车来，听从她的话。

克吕泰墨涅斯特拉

我不可能在这宫门外太延迟，
耽误时间，因为那献祭的牲羊
正站在祭坛中央，等待杀了燔祭。
（真是意想不到的谢恩礼物！）①
你若愿意听从我，就不要再迟延。
你若不明白，不理解我的话语——
（对歌队长）
请你用贵族手势代替语言。

---

① 此行疑为伪作。

歌队长

这客人好像需要一位通事，
明白说明，有如对新捕的野兽。

克吕泰墨涅斯特拉

她准是已疯狂，听从混乱的理智，
离开刚刚陷落的城邦到这里，
还不习惯于忍受嚼铁的羁束，
在她还没有放出黑色的怒气。
我不再多说话，免得有失尊严。
（克吕泰墨涅斯特拉回宫）

歌队长

可我因为同情她，对她不生气。
（对卡珊德拉）
来吧，不幸的人啊，下车来吧，
屈服于命运，戴上这新的辕轭。

卡珊德拉

（第一曲首节）
啊，啊！啊，大地啊！
啊，阿波罗啊，阿波罗啊①！

歌队长

你为什么对洛克西阿斯这样悲叹？

---

① 卡珊德拉曾是阿波罗的祭司，被阿波罗看中。阿波罗教授她预言术，但她学会预言术后却不肯顺从阿波罗，因此阿波罗使她的预言无人相信。

这位神不喜欢有人这样哭哭啼啼[1]。

卡珊德拉

（第一曲次节）
啊，啊！啊，大地啊！
啊，阿波罗啊，阿波罗啊！

歌　队

她又发出不祥的声音，呼唤神明，
这位神却不会前来保护哭泣之人。
（卡珊德拉下车，向宫门走去）

卡珊德拉

（第二曲首节）
啊，阿波罗啊，阿波罗啊，
阿古亚特斯，我的毁灭者[2]！
你曾经把我毁灭，现在你又毁了我。

歌　队

她好像要对自己的不幸发布预言，
她虽为奴隶，心中仍保留神的灵感[3]。

卡珊德拉

（第二曲次节）
阿波罗啊，阿波罗啊，

---

① 洛克西阿斯是阿波罗的别名，阿波罗是快乐之神。

② 阿古亚特斯是阿波罗的别名，意为“街道保护者”，表征性雕像是一圆锥型立柱，立于街道或住宅门前。卡珊德拉见阿伽门农的宫门外立有此柱，故作呼吁。在希腊文中，“毁灭者”与“阿波罗”呼格字形字音很相近，意义也很贴切。

③ 古希腊人认为，疯狂状态下作的预言是受到神的感示。

阿古亚特斯,我的毁灭者!
你把我带往何处?带往什么人家?

歌　队

带往阿特柔斯之子的家,你若不知道,
我这就告诉你,可不要说这些是假话。

卡珊德拉

（第三曲首节）
这是个渎神的去处,杀戮的见证,
无数的亲族仇杀和凶残的戕害,
杀人的屠场,地面沾满血污。

歌　队

这客人有如一条狗,嗅觉灵敏,
正在寻找可能发现的杀戮。

卡珊德拉

（第三曲次节）
我完全相信这些确凿的证据,
婴儿们在哭泣自己惨遭杀戮,
烤肉被送给他们的父亲咀嚼[1]。

歌　队

我们早就耳闻你的预言名声,
但这些事情我们无需任何先知。

---

① 指阿特柔斯假装与提埃斯特斯和解,设宴招待他,实际上杀了提埃斯特斯的两个儿子,把儿子的肉给父亲吃之事。

卡珊德拉

（第四曲首节）
啊，这是什么阴谋？
什么新的巨大不幸？
有人在这宫廷里谋划巨大的灾难，
亲人们无法忍受无法救治的灾难，
救援之人在天涯。

歌　队

预言一个接一个，实在令我难领悟，
前面所说我清楚，因为已传遍城市。

卡珊德拉

（第四曲次节）
凶残的女人，你真要这样？
要把和你同床的丈夫，
在给他沐浴之后——我如何说明结局？
但事情很快就会发生，她伸出一只手，
又把另一只手伸出。

歌　队

我还是不明白，现在这一个个谜语
如同晦涩费解的神示令我迷惑。

卡珊德拉

（第五曲首节）
啊呀，啊呀，发生了什么事？
或是哈得斯的一张罗网？

是和他同睡一床的网罩，进行谋杀的[①]
同谋帮凶，让那永不满足的纷乱
　　向这家族怒吼，让它遭石击[②]。

歌　队

你大声召唤哪一位埃里倪斯
降临这个家庭？你的话令我费解。
浅黄色的血滴正在涌入我的心房，
那样的血滴在有人被戈矛击中倒下时，
同闪烁余辉的生命一起结束旅途，
　　死亡随即迅速降临他。

卡珊德拉

　　（第五曲次节）
　　看哪，看哪，让那头公牛
　　离开母牛，那母牛把公牛
罩在长袍里，用它那黑角的阴谋诡计
打击公牛，那公牛倒在带水的浴池里。
　　我告诉你的是一场浴缸谋杀。

歌　队

我虽不敢自夸我深谙解释神示，
但我猜想这些话意味会发生灾难。
神示无数，可曾有哪个预言给人们
带来过吉祥？先知们施展自己的技能，
口中念念有词，预言可悲的灾难，

---

① “同睡一床的网罩”指长袍。古希腊人的长袍白天披穿，夜间裹着睡觉。克吕泰墨涅斯特拉杀死阿伽门农时首先用长袍把阿伽门农罩住。

② 石击指人民对罪恶严重、引起公愤的人投乱石击死。

让人们心里产生恐慌。

卡珊德拉

（第六曲首节）
啊，啊，不幸人的可悲的厄运，
我悲叹我的不幸，注进苦杯里。
你为何把我这不幸人带来这里？
除了让我一起死去，还能有什么？

歌　队

你这样疯癫，显然有神灵凭附，
为自己唱出混乱的歌曲，
有如那只黄褐色的夜莺
大声悲鸣，一颗忧郁的心啊，
不断哀叹：伊提斯，伊提斯，
不幸的儿子[1]。

卡珊德拉

（第六曲次节）
啊，啊，善歌唱的夜莺的命运，
神明把它藏进有翼的肉身里，
一声甜美的歌唱，没有悲泣，
可等待我的是双刃兵器的宰割。

歌　队

你从何处知道这些剧烈的、
神明遣来的无益的痛苦？

① “黄褐色的夜莺”指普罗克涅。普罗克涅是雅典王潘狄昂的女儿，嫁给了道利斯国王特柔斯，生伊提斯。

你用令人惶惧的声音，
高亢地唱出这些可怕的不幸。
你怎么知道不祥预言的
指路标示？

卡珊德拉

（第七曲首节）
婚姻啊，帕里斯的殃及亲人的婚姻！
斯卡曼德罗斯，祖国的浩荡流水啊，
当年在你那河岸边，
不幸的我被抚养长大，
可如今我好像在科库托斯
和阿刻戎①岸边预言命运。

歌　队

你在说什么？话语清晰，
甚至新生儿都能听清楚。
你的苦命如血红的毒刺
把我刺伤，你悲惨的怨诉
令我听了心碎。

卡珊德拉

（第七曲次节）
苦难啊，那使城邦彻底遭毁灭的苦难！
丰盛的献祭，有多少食草的祭牲啊，
被父亲祭献在城下，
但他们都无济于事，
为能使城邦免遭劫难，

① 科库托斯和阿刻戎都是冥间河流。

我也很快会热血洒地面。

歌　队

你刚才的话像先前的一样。
定然是由那位心怀恶意的
神灵凭附你，使你唱出这
悲惨的充满死亡的挽歌。
　我不理解结果。

卡珊德拉

现在我的预言不会再隐约含糊，
从面纱后窥视，有如新婚的嫁娘，
它清楚明朗，宛如强烈的风暴
刮向初升的太阳，将会有无数
更大的苦难犹如汹涌的波涛
冲击阳光，我不会再语言隐晦。
请你们为我作证，紧紧跟随我
寻找那往昔犯下的罪恶踪迹。
有一个歌队从未离开过这个家，
它声音谐和不优美，歌唱不祥。
这支疯狂的歌队喝的是人血，
喝了更有力量，就留在这家里，
很难赶走，埃里倪斯亲姐妹。
她们就坐在这宫里，唱着颂歌，
唱着祖先的罪孽，心怀憎恶，
唾弃那践踏兄弟床榻之人。
我话语谬误，还是如箭手中的？
或者是一个假先知，求乞发诳言？
请你作证，承认我正确地叙说了
这个家族往昔犯下的种种罪愆。

歌　队

一个誓言不管它多么有力量，
也无法挽救恶罪。我觉得奇怪，
你出生在海外，讲这城邦的事情
却如此准确，如同曾居于此处。

卡珊德拉

预言神阿波罗使我具有这本领。

歌队长

难道神明也会坠入情网？ 1204

卡珊德拉

往日提起这事会令我羞涩。 1203

歌队长

因为一个人走运时常常好自夸。

卡珊德拉

他竭力纠缠我，向我表示好感。

歌队长

你们也曾亲近如人之常情。

卡珊德拉

我曾答应又蒙骗了洛克西阿斯。

歌队长

是否在学会了预言技能之后？

卡珊德拉

我曾把一切灾难告诉国民们。

歌队长

你怎样躲过了洛克西阿斯的愤怒?

卡珊德拉

自从我犯戒,再没有人相信我。

歌队长

但我们觉得你的预言很可信。

卡珊德拉

啊,啊!啊,沉重的苦难啊!
作真实预言痛苦,一开始便使我
心里激动不安……①
你们可看见在那宫殿前面
坐着孩子,如同梦中的影像?
他们好像丧命于亲人之手,
双手捧肉,供亲人饮宴的肴馔,
原来是各种内脏,悲惨的食物,
满满一堆,父亲把他们品尝。
我告诉你们,有人想为此复仇,
一头胆怯的狮子,辗转于卧榻②,
天哪,在家里等待主人的归来——
我的——奴役的辕轭终需忍受,

① 此处原文有残缺。
② 指埃吉斯托斯。

但这位舰队统帅，伊利昂征服者，
却不知那条可憎的恶狗怎样
花言巧语，竖起兴奋的耳朵，
如隐蔽的迷惑神给他制造灾难。
她有这样的胆量，弑夫的女人。
她是——我该称呼她是哪一种
可恶的妖怪？一条两头蛇或是
居住于山洞的斯库拉①，水手们的祸害，
死神的作献祭的母亲，残杀亲人的
凶恶战神？她敢于干一切事情，
她大声欢呼，如战场战胜敌人，
又装作庆幸丈夫平安归故土。
你们或许不相信，但那又何妨？
未来的事情会发生，你很快会看见，
怜悯地称我是一个真正的预言者。

歌队长

你说到提埃斯特斯之子的肉
做成的菜肴，我听了惊恐发颤，
当你把事情明白地直言道破。
其余的事情我听了仍迷失方向。

卡珊德拉

我说你会看见阿伽门农被杀死。

歌队长

说话要吉利，不幸的人啊，请住嘴。

---

① 斯库拉是意大利和西西里之间的海峡旁石壁洞穴里的妖怪，六个头，十二只手臂，伤害路过的水手。参阅荷马史诗《奥德赛》第十二卷。

卡珊德拉

并非拯救之神在听我说话。

歌队长

不,如果真这样;但愿不会发生。

卡珊德拉

你在祈祷,他们却在杀人。

歌　队

是哪个男子在制造这场灾难?

卡珊德拉

你确实没有理解我的预言。

歌　队

因为我不明白谁在策划这阴谋。

卡珊德拉

我用希腊语已经说得很清楚。

歌队长

皮托的预言也这样,同样费解。

卡珊德拉

啊,多么激烈的火焰扑向我。
啊,吕克奥斯阿波罗,可怜我。
这头双脚母狮,当高贵的公狮
不在家时,竟和狼同床共枕,

正想杀害我，她要如同配药剂，
把对我的报复也倒进那杯里。
当她磨剑杀那人时，她曾发誓
要用屠戮对抗他把我带回家。
现在我还需要这些笑柄——
这法杖和挂在脖子的花环干什么？

（卡珊德拉把法杖、花环扔到地上）

我要在我临死前把你们踩碎。
你们去吧，你们倒下后便该我。
你们离开我，去装饰别的疯狂者！
看哪，是阿波罗亲自从我身上
脱下这预言服装，他曾看我穿着
这些服装，被亲人们心怀恶意地
狠狠嘲笑，无疑是枉然的嘲弄。
我曾经如同一个游荡人、乞丐、
穷人、不幸的饿鬼，受人嘲辱。
预言神终于召回我这预言者，
让我陷进这样的命运死亡。
现在屠杀将代替父亲的祭台①，
我被砍杀时的热血将会染红它。
但神明不会让我白白地死去，
因为有人会来为我们报仇，
他会杀死母亲，为父报仇，
这个逃亡者现在流落他乡，
他会回来为亲人结束这不幸，
（因为众神明曾许过一个大愿），②
他的仰卧的父亲会使他返回。

---

① 特洛伊陷落时，普里阿摩斯被杀死在祭坛前。

② 此行疑为伪作。

我为什么要如此可怜地悲伤？
当我看到伊利昂都城被攻破，
城市遭浩劫，神明又让这个
夺取城市的人遭到这样的判处。
我现在就进屋去，面向死亡。
我称这宫门为哈得斯之门①，
我祈求遭受那致命的一击，
不作任何挣扎，鲜血流出，
轻松地死去，阖上我的双目。

歌　队

非常不幸，又非常聪明的女人啊，
你说了这么多话。如果你真知道
自己的命运，那你为什么还要如
被神明领着的牛泰然地走向祭坛？

卡珊德拉

不可能逃避，朋友们，无法拖延。

歌　队

最后的时间是最宝贵的呀。

卡珊德拉

时刻已来临，逃跑也无好处。

歌　队

你要忍耐，凭你那勇敢的心灵。

---

① 哈得斯是冥神，“哈得斯之门”意为死亡之门。

卡珊德拉

不要对幸运之人这样说话。

歌　队

然而光荣地死去令人欣慰。

卡珊德拉

啊,父亲,可怜你和你的孩子们。

（卡珊德拉走到宫门前,又退回来）

歌　队

怎么回事？你为何又恐惧地退回？

卡珊德拉

啊,啊!

歌　队

你为何退回？除非心里厌恶。

卡珊德拉

这座宫殿充满流血的杀戮。

歌　队

怎么会呢？是家灶边祭牲的气味。

卡珊德拉

如同从坟墓里散发出来的恶气。

歌　队

你不是说那屋里有叙利亚馨香[1]?

卡珊德拉

我现在进宫去,为我和阿伽门农的
命运哭泣,我这一生够苦命。
　　(卡珊德拉再次走到宫门前又退回来)
啊,朋友们,
我恐惧忧伤,有如害怕丛林的小鸟,
望你们在我死后为我作证,
一个女人会为我这个女人而偿命,
一个奸夫会为原有的丈夫而倒下。
愿我死后能享受这份招待。

歌　队

不幸的人啊,我怜悯你命定的死亡。

卡珊德拉

我还想说一句话,或者为自己
唱一支挽歌。我向我最后见到的
太阳光辉祈求,让我的仇人们
为我这最容易遭杀害的奴隶之死
向我的报仇者作出相当的偿付。
啊,凡人的事业! 有人幸运,
却如影像一般;一旦遭不幸,
潮湿的海绵便可把图画抹去。
这些人的命运令我更觉可怜。

---

① 指叙利亚松香,为叙利亚特产。

(卡珊德拉进宫)

(十)
抒情歌

歌　队

人们对幸运从来都不会
感到满足,没有人把它
阻留于幸福的宅邸之外,
　　大声警告:请别再过来。
幸福的神明让这位国王
　　受神明庇佑返回这宫邸。
如果他现在需偿付先前的杀戮,
自己须得为那些死者而死去,
也为其他死去的人们作补赎,
那么有哪个凡人听了这故事,
还会夸说他受宠于幸运之神?

（十一）

第五场

阿伽门农

（在景后）

啊，我挨了深深的致命一击。

歌队长

安静！谁在嚷受了致命的一击？

阿伽门农

啊呀，又是一击，第二次挨击。

歌队长

国王在惨叫，我想是发生了事情。
大家来吧，让我们商量该怎么办。

长老一

告诉你们，我现在的想法是这样：
赶快传宣，把市民召集到王宫来。

长老二

我认为应该赶快冲进王宫去，
趁那剑刚刚被抽出，揭露罪行。

长老三

我完全同意这位长老的意见，
应采取行动，不可延误时机。

长老四

显而易见，他们已开始行动，
企图在城邦建立专制制度[1]。

长老五

我们在耽误时间；他们却在
践踏我们的延误，没有住手。

长老六

我不知道应该提出怎样的意见，
拿主意是采取行动者的事情。

长老七

我也是这样认为，因为发议论
不可能使业已死去的人复活。

长老八

难道我们就这样苟延残喘，

---

① “专制制度”指不经过民主选举，非法地攫取政权。这种政权在希腊古典时期称为“僭主”。

屈服于玷污这家族的人的统治？

长老九

这可难以忍受，还不如一死，
那样总比受暴君统治要好受。

长老十

难道我们只听见国王哀叫，
就可以断定国王已被人杀死？

长老十一

我们应该弄清事实再生气，
因为猜测和确知事实不一样。

长老十二

我完全同意这位长老的意见，
首先弄清阿特柔斯之子的情况。

（景后转出一活动台，阿伽门农的尸体躺在浴盆里，身上盖着一件长袍子；卡珊德拉的尸体躺在阿伽门农旁边，克吕泰墨涅斯特拉站在台上）

克吕泰墨涅斯特拉

刚才我说了许多话适应情势，
现在说相反的话也不感到羞惭。
否则有谁能向伪装成朋友的敌人
进行报复，成功地把不幸的罗网
高高张起，使敌人无法逃脱？
我对这场决斗早已作考虑，
时间到来，旧日争吵的结果。
我现在就站在杀死他们的地方。
我是这样做的——我不否认，

使他既无法逃避,也无法防卫。
我像捕鱼一样,拿一张无眼网,
珍贵的致命披篷,把他罩住[①],
连刺他两下,他连哼了两声,
便放松了肢节,我趁他倒下,
给了他第三剑,作为还愿礼物,
献给死者的保护神,地下的哈得斯。
他就这样躺在那里断了气,
从伤口喷出一股急速的血流,
暗红色的潮湿血滴溅到我身上,
我高兴得不亚于正在抽穗的
麦田接受宙斯的甘露滋润。
事情就这样,阿尔戈斯长老们,
高兴吧,如果愿意;我却很满意。
如果按习俗应该给死者致奠,
那就正应该,非常应该祭奠他。
他曾在这家把许多可诅咒的灾难
倒进调缸,他自己回来喝掉了它们[②]。

歌队长

你的话令我们惊异,言语放肆,
当着死去的丈夫的面如此夸口。

克吕泰墨涅斯特拉

你把我当做一个愚蠢的女人。
我心中无所畏惧,让你们知道,
不管你愿意称赞,还是想责备,

---

① 指无袖无领口的蒙头披篷。
② 此处以调酒为喻。

对我却一样：这就是阿伽门农，
我的丈夫，我这只右手杀了他，
公正技师的作品。事情就这样。

（十二）
哀　歌

歌　队

（序曲首节）

女人啊，你吃了地上生长的什么毒草，
或喝了流动的海水浮起的什么汁液，
以致作这样的献祭，引起公众诅咒？
你抛弃、砍杀了他，你也会遭城邦放逐，
　忍受国民们的强烈憎恶。

克吕泰墨涅斯特拉

你现在判处把我逐出城邦，
让我遭国民憎恶，公众诅咒，
可你早先却没有反对这个人，
他毫无顾忌，好像砍杀大群
毛皮优美的绵羊群中的一头牲畜，
杀献自己的孩子，我忍痛生育的
最可爱的女儿，平息特拉克风暴。

难道你不应该把他逐出城邦，
惩罚罪恶？你审判我的行为，
却是个严厉的审判者。但我警告你，
你这样威胁我，我也同样回敬你：
只有用武力制伏我，才能统治我；
如果神明促成了相反的结果，
那时虽已晚，你也该学得变聪明。

歌　队

（序曲次节）
你现在高傲不羁，出言狂妄无忌，
你的心灵由于血腥屠杀而发狂，
你的双眼明显地充满一股股血流，
你定会遭受报复，被朋友们所抛弃，
　打击理应用打击来偿付。

克吕泰墨涅斯特拉

现在请你也听听我的严正誓言。
我凭我杀他祭献的、为我的孩子报仇的
狄克、阿塔和埃里倪斯的名义起誓，
我的期望不会踏入恐惧的殿堂，
只要点燃我家灶上的祭火仍是
埃吉斯托斯，对我一如既往地忠诚①。
他是使我们胆壮的巨大的盾牌。
[……]②
他躺在这里，一个侮辱妻子的人，

① 古希腊人的家庭灶火一般由家长点燃。
② 此处抄稿残缺。

伊利昂城下赫里塞伊斯们的欢乐[1]。
这里躺着的是一个女俘，一个女先知，
那个家伙的同床者，他的善作预言的、
忠心的姘妇，和他一起坐在船尾
舵凳上的伴随，他们没有不受惩罚。
请看他这样死了，她则像一只天鹅，
在她唱完临死前的最后一支哀歌后，
亲切地和他躺在这里，给我送来
一份豪华的美味，摆上我的餐榻。

歌　队

（第一曲首节）
啊，愿命运不会让我们
忍受巨大的痛苦，久病地
卧床不起，愿她迅速地
给我们送来永久的梦眠，
既然仁慈的保护人已经倒下，
为一个女人忍受了无数痛苦[2]，
又在另一个女人手里遭杀戮。

（叠唱曲）
啊，啊，疯狂的海伦，
你一个人把许多人，把那许多人的
　　英灵害死在特洛伊城下，
你如今戴着这杰出的、永难忘记、
无法洗掉的血的装饰；这家里住着位[3]

① 赫里塞伊斯是阿波罗祭司赫里塞斯的女儿。曾被希腊军队俘虏，作为战利品分配给阿伽门农做妾。

② “为一个女人”指为海伦。

③ 第1456—1460行原文为四行。

　　强横的埃里倪斯，害人的灾难。

克吕泰墨涅斯特拉

请不要为这些事情烦恼，
　　为自己祈求早死，
也不要向海伦发泄怒火，
说她是杀人凶手，她一人害死了
许多阿开奥斯男子的英灵，
　造成了无可比拟的苦难。

歌　队

　　（第一曲次节）
恶神啊，你降临到这宫廷，
降到坦塔洛斯两个儿子[1]身上，
驱使两个女人[2]同样地
祸心逞狂，把我的心咬碎。
我看她有如一只可恶的乌鸦，
自诩合法地站在那死尸侧旁，
自鸣得意地高唱胜利凯歌。

　　（叠唱曲）
啊，啊，疯狂的海伦，
你一个人把许多人，把那许多人的
　　英灵害死在特洛伊城下，
你如今戴着这杰出的、永难忘记、
无法洗掉的血的装饰；这家里住着位
　强横的埃里倪斯，害人的灾难。

---

① “两个儿子”指阿特柔斯和提埃斯特斯。
② “两个女人”指海伦和克吕泰墨涅斯特拉。

克吕泰墨涅斯特拉

现在你修正了自己的意见，
　　请来了这个家族的
　　一位大嚼大咽的恶神。
由于有他作怪，人们的肚里
产生了血的欲望，昔日的痛苦
　尚未消除，新血又溢出。

歌　队

　　（第二曲首节）
你在称赞这个家庭的
一位怒不可遏的大恶神，
　　啊，啊，恶意的赞美，
　　对悲惨的命运总不餍足。
这一切啊都由于宙斯，
万物的起因，万物的肇始，
　　人间什么事没有宙斯能发生？
　　有哪一件事物不是由神明促成？

　　（叠唱曲）
啊，国王啊，国王！
我该如何为你哭泣？
　　从友好的内心该对你说什么？
你现在躺在这张蛛网里，
　　耻辱地死去，结束了生命，
　　可悲，可悲啊，与自由人不相称的卧榻，
被妻子的狡猾计谋征服，
　　倒在她手中的双刃兵器下。

克吕泰墨涅斯特拉

你认为这事情是我所为。
请不要以为我是
　　阿伽门农的妻子。
是那个古老的凶恶的报仇神
装扮成这个死人的妻子，
　　报复凶残的宴客者
　　阿特柔斯的罪恶，
把他杀死，祭献年轻人。

歌　队

　　（第二曲次节）
有谁能为你作证，证明
你在这场杀戮中无罪咎？
　　怎么可能？那助手也许是
　　源自父辈罪恶的报仇神。
黑色的阿瑞斯迫使亲人们
互相杀戮，血流不断，
　　不管他前往哪里，那里便会
　　出现新的血迹，吞没儿孙。

　　（叠唱曲）
啊，国王啊，国王！
我该如何为你哭泣？
　　从友好的内心该对你说什么？
你现在躺在这张蛛网里，
　　耻辱地死去，结束了生命，
　　可悲，可悲啊，与自由人不相称的卧榻，
被妻子的狡猾计谋征服，

倒在她手中的双刃兵器下。

克吕泰墨涅斯特拉

（我认为就这样地死去
对他并非不光彩。）
难道此人没有给家庭
制造阴险的杀戮？
他杀了我和他的孩子，
那泪流不止的伊菲革涅娅，
他咎有自取，罪有应得，
他不可能在宴间自夸，
因为他死于剑下，
是为他的行为作偿付。

歌　队

（第三曲首节）
我心中感到困惑，失去了
机敏的思维；该如何思考？
当这座房屋崩塌的时候。
我害怕这充满血腥的簌簌雨声，
它能把房屋冲毁。细雨暂停息①，
摩伊拉正在另一块砥石上磨快
正义之剑，准备另一次杀戮。

（叠唱曲）
大地，大地啊，愿你早把我收藏，
在我看见他躺在这里，躺在这

① 细雨是暴雨的前奏。

　　银壁浴盆的平底卧榻之前[①]。
谁来埋葬你？谁来为你唱挽歌？
你胆敢这样做吗？亲手杀死
自己的丈夫，又亲自来哭悼他，
为自己的骇人行为虚情假意地[②]
　　向亡灵表示并非恩惠的恩惠。
谁将在如神的英雄坟前，
　　把泪水淋漓抛洒，
　　寄托真诚的哀伤[③]？

克吕泰墨涅斯特拉

这事不用你挂心，无需你牵挂，
我们把他打倒，把他杀死，
我们自会把他殡殓埋葬，
没有家人们的哭泣哀悼，
他的女儿伊菲罗涅娅
　　会如常理那样，热切地
　　迎面向父亲迅速跑来，
　　在哀河边上伸开双手，
　　拥抱父亲，亲切地欢迎他。

歌　队

　　（第三曲次节）
指责本身遭到反指责，
　　要作判断实在不容易。
　　抢人者反被劫掠，杀人者反而丧命。

---

① 第1536—1540行原文为四行。
② 第1541—1545行原文为四行。
③ 第1546—1550行原文为四行。

只要宙斯仍坐在他的宝座上，
作恶者必遭报应，这是天理。
谁能把诅咒的种子从这家抛掉？
　　这个家族已和不幸紧密相联系。

　　（叠唱曲）
大地，大地啊，愿你早把我收藏，
在我看见他躺在这里，躺在这
　　银壁浴盆的平底卧榻之前。
谁来埋葬你？谁来为你唱挽歌？
你胆敢这样做吗？亲手杀死
自己的丈夫，又亲自来哭悼他，
为自己的骇人行为虚情假意地
　　向亡灵表示并非恩惠的恩惠。
谁将在如神的英雄坟前，
　　把泪水淋漓抛洒，
　　寄托真诚的哀伤？

克吕泰墨涅斯特拉

你这个预言符合真理，
与他相契合[①]。现在我愿意
和普勒斯特涅斯家的恶神[②]
缔结盟约：放弃一切旧仇怨，
虽然难以忍受；他也得离开
这个家庭，用亲族杀戮
　　去折磨别的家族，

---

① “预言”指歌队唱的“作恶者正遭报应”。克吕泰墨涅斯特拉认为阿伽门农作恶，已遭到报应。

② 据另一种传说，阿伽门农和墨涅拉奥斯是普勒斯特涅斯和阿埃洛佩所生，阿埃洛佩后来才嫁给阿特柔斯。

即使只留下小部分财产①，
　　对于我也就足够，
愿他能使这个家庭摆脱
　　疯狂的互相杀戮。

（十三）
退　场

（埃吉斯托斯上，侍卫随上）②

埃吉斯托斯

啊，报仇之日的明媚阳光啊！
现在我要说，为凡人报仇的神明
从上天注视着大地上发生的不幸，
当我看见埃里倪斯们编织的
披篷里躺着这家伙，真令我痛快，
见他就这样补偿他父亲的罪咎。
当年阿特柔斯，本地国王，他父亲，
把我的父亲提埃斯特斯，也就是
他自己的兄弟，为争夺王位，

---

① 古希腊人认为，可以用钱财为自己赎罪。

② 人们对埃吉斯托斯由何处上场看法不一，有人认为是从宫内上场，也有人认为可能是从王宫附近前来。

赶出了自己的城邦，逐出了家园。
后来不幸的埃吉斯托斯返回国，
在家灶前求得生命安全，
免于被处死，血染祖国的土地。
但他的不敬神的父亲阿特柔斯
对我的父亲却热心大于亲情，
假意欢庆节日，设宴款待，
送上用孩子们的肉做成的肴馔。
他把他们的脚掌和手指砍下，①
一一切成碎块无法辨别，
我父亲立即无意地拿起来食用，
正如你知道，毁灭这家族的肴馔。
当我父亲发现了这可恶的行为，
大叫一声，仰面吐出那肉块，
祈求佩洛普斯的儿孙遭厄运，
一面祈求，一面推翻那餐桌，
愿普勒斯特涅斯整个家族遭毁灭。
因此现在看见他倒在这里，
我是这场杀戮的合法谋划人。
他留下我这第三子，同不幸的父亲
一起遭放逐，虽然是襁褓中的婴儿。
待我长大后，狄克又把我送回，
他被我捉住，虽然我不在现场，
但是我安排了整个阴谋计划。
现在我即使死去也感觉美好，
既然看见他陷进了正义的罗网。

① 此处抄本有残缺。

歌队长

埃吉斯托斯，我讨厌人幸灾乐祸。
你是不是说你故意杀害了此人，
你一人谋划了这次悲惨的凶杀？
我想告诉你，相信吧，你这脑袋难逃，
相信我吧，民众的石击刑惩罚。

埃吉斯托斯

你坐在下层桨位上，竟然对掌握
船只舵柄的强者这样说话？
你是个老人，像你这么大年纪，
还需要学习说话谨慎不容易。
监禁和饥饿折磨对于老人
是最杰出的智慧老师和先知。
难道你有眼睛，却看不出这道理？
请不要踢刺棒，免得把自己踢伤[1]。

歌队长

女人[2]啊，你这样对征战归来人——
你留在家中玷污了他的床榻，
又给军队统帅谋划了死亡？

埃吉斯托斯

你的这些话是悲惨地哭泣的先导。
你的声音同奥尔甫斯[3]的不一样。

---

① 刺棒指棒头钉有钉子的棒，古希腊人用来赶马。

② “女人”指埃吉斯托斯。

③ 奥尔甫斯是古希腊神话传说中的著名歌手，他的歌声能感动草木顽石。

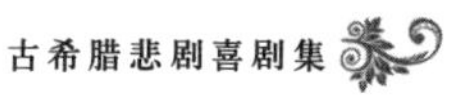

他的歌声能欢乐地引导万物，
你却用这些愚蠢的狂吠惹恼人，
唯有被押走，受强制才会变温顺。

歌队长

我看你像阿尔戈斯人的暴君，
尽管你策划了对他的这场谋杀，
可却又不敢亲自动手杀害他。

埃吉斯托斯

施展诡计由女人来干更合适，
我是他旧日仇人，会使他生疑窦。
我现在要利用他拥有的财富
统治国民，若有谁不愿服从，
我就给他加重轭，他不会是
吃大麦的马，那与黑暗同在的
可诅咒的饥饿会使他变顺从。

歌队长

你为何不鼓起你那邪恶的心灵，
亲自杀死他，却要假手女人，
玷辱这方土地和这里的神明，
奥瑞斯特斯是否仍看得见阳光，
仰仗慈惠的命运能返回这里，
成为他们俩的不可抵御的惩处人？

埃吉斯托斯

既然你认为要这样做这样说，你很快会学会。
（对随从侍卫）
亲爱的侍从们，快过来，这里有事要干。

（侍从们应声上前）

歌队长

朋友们,大家拔出剑来,做好准备。

埃吉斯托斯

看哪,我也拔出剑来,我不会畏缩怕死。

歌队长

你说你准备死,我们欢迎,希望能如此。

克吕泰墨涅斯特拉

最最亲爱的人,我们不可再惹祸端。
我们已经收获了许多不幸的收成,
灾难已经足够,让我们不要再流血。
尊敬的长老们,请你们回家去,让步吧,
在遭到命定的不幸之前。愿事后有好结果。
如果这是最后的苦难,我们愿意接受。
尽管恶神的蹄子已经把我们踢够。
这是一个女人的劝告,但愿被听从。

埃吉斯托斯

可是这些人都对我如此信口胡言,
说出这样的话语,企图与恶神对抗,
失去健全的理智,竟然责备起主上。

歌队长

向恶人摇尾献媚,非阿尔戈斯人的习性。

埃吉斯托斯

但将来总有一天我会好好惩治你。

歌　队

不可能，只要神明让奥瑞斯特斯返回来。

埃吉斯托斯

我知道流亡之人总是靠希望过日子。

歌队长

你干吧，吹嘘吧，玷污正义，趁现在可能。

埃吉斯托斯

请相信，你会为这些蠢话向我付代价。

歌队长

你尽管自夸吧，有如母鸡旁边的公鸡。

克吕泰墨涅斯特拉

不要理会这些空洞的狂吠，现在我和你
是这家的主人，一切都会得到妥善的安排。

（活动台转回景后，后景壁恢复原状；克吕泰墨涅斯特拉、埃吉斯托斯回宫，侍从随行；歌队退场）

奥狄浦斯王

索福克勒斯 著

张竹明 译

场次

1 **开场**
第 1—150 行

2 **进场歌**
第 151—215 行

3 **第一场**
第 216—462 行

4 **第一合唱歌**
第 463—511 行

5 **第二场**
第 512—862 行

6 **第二合唱歌**
第 866—910 行

7 **第三场**
第 911—1086 行

8 第三合唱歌

第 1089—1109 行

9 第四场

第 1110—1186 行

10 第四合唱歌

第 1187—1221 行

11 退　场

第 1222—1530 行

人物

奥狄浦斯

忒拜国王

祭司

宙斯神的祭司

克瑞昂

伊奥卡斯特的兄弟

特瑞西阿斯

忒拜城的盲人先知

伊奥卡斯特

忒拜王后

报信人甲

一个科林斯人

牧人

伊奥卡斯特和前国王拉易奥斯的仆人

报信人乙

一个忒拜人

歌队

忒拜长老组成

无台词人物：

一群乞援人

老人、青年、儿童各若干人

奥狄浦斯和伊奥卡斯特的两个女儿安提戈涅和伊斯墨涅

奥狄浦斯的侍仆数人

伊奥卡斯特的侍女数人

地 点

忒拜王宫前

时 间

英雄传说时代

（一）

开　场

（各种年龄的乞援人围坐在宫门前的神坛边，为首的是宙斯的祭司；奥狄浦斯从宫内上）

奥狄浦斯

啊，孩子们，老卡德摩斯的这一代后人①，
这是为什么——你们坐在我面前的神坛上，
手捧系羊毛的橄榄枝，苦苦求告？
为什么城里香烟弥漫，一片
求生的祈祷和痛苦的哀号？
孩子们啊，我想过，我不能
只从别人那里听取报告，
我，大名鼎鼎的奥狄浦斯，
亲自出宫来听取你们的求告了。

（向祭司）

啊，老人家，既然年岁让你有资格代表大家，
你就说吧，你们为何来到这里，
是害怕什么，还是渴望什么恩典？
我愿全力帮助你们。心非铁石，

---

① 卡德摩斯是忒拜城的建立者，被视为忒拜人的始祖。

我岂能不怜悯你们这样的一群乞援人。

祭　司

啊,奥狄浦斯,我们这国土的主宰,
你亲眼看见了,在你宫门前的圣坛边,
围坐着些什么样年龄的人:
有的还是孩子,翅膀还不能带着他们高飞;
有的是白发弓腰的祭司,就像我这个宙斯的仆人;
有的是我们青年的精英。除了我们这些人,
其余人民,也都手持系羊毛的树枝,
群集广场①,坐在帕拉斯·雅典娜的双庙前面,
或伊斯墨诺斯的神②发布预言的火灰旁边。
　　正如你亲眼所见,我们的国家,
像一只航船,遭遇血的狂澜,
虽经拼命挣扎,但还是被一个巨浪
卷进了深渊,再不见它露出水面。
在这里,田间抽穗的庄稼枯萎了,
牧场上吃草的牛羊倒毙了,
临产的妇人突然死了,最可怕的瘟疫,
那个手持火把的恶煞凶神,突然降临我们城邦。
于是,卡德摩斯的家园荒凉一片,
黑暗的冥土到处是痛哭和悲叹。
　　现在我们坐到你家神坛跟前来求你,
我,还有这些孩子,不是把你当天神,
而是把你当作英雄,一个能在日常祸事
或天降灾殃时济困指迷的人。

---

① 忒拜城分东西两部分,西部是卫城,东部是外城。也有两个广场,一在卫城北部,一在外城。古希腊城市的广场是公民政治(集会)和经济(集市)活动的中心。

② 指阿波罗神。伊斯墨诺斯河边的阿波罗神庙是忒拜人求证神意的地方,人们在那里焚烧牺牲,从牺牲被火烧的情形猜测神意。

当初正是你,来到卡德摩斯的城邦,
豁免了我们献给那残忍歌女的贡赋①。
我们或别人没有谁向你提示过那谜语,
你是受到神的援助,感悟出谜底,
解救了我们国家脱离苦难,
人民这么说也是这么相信的。
现在,奥狄浦斯,能力无比的王,
我们全体乞援者求你了,设法救救我们,
或靠天神指点,或借凡人的智力;
我看到,经验丰富的人,
总能拿出最好的主意。
你,凡间最善的人啊,救救城邦;
也保住你自己的智慧美名!
为了你早先的热心,这地方
至今还称你为它的救星;
永远别让我们的后代将来这样追述你的统治时期:
“他把我们扶了起来,后来又让我们倒下了。”
啊,扶助这城邦吧,让它永不倒下。
你的好运曾为我们造福,
愿它再把我们帮助。
如果你还想像现在一样统治这方土地,
那么一块有人的土地总比没人的好些;
一座城堡一只船,若是空空的,
没人和你一起待在里面,
又有什么价值,又有什么意义!

奥狄浦斯

啊,可怜的孩子们,我不是不知道

---

① 人面狮身的女妖以谜语诗为题,吃了许多忒拜人,如同以人作贡赋。

你们的来意;我明白,你们都在受苦。
可是不论怎样,
你们的痛苦远远比不上我的。
你们的悲哀只有一份,
只为自己,不为别人,
而我的悲痛则同时
既为着城邦,又为我和你。
因此,我不是大白天睡觉的懒虫,被你们梦中叫醒,
你们怎知道我哭了多少回,想过多少主意,
煎熬中度过多少黑夜和白天,
才想到一个唯一的解救办法。
我已经把它付诸实行:派墨诺克奥斯之子
克瑞昂,我的内兄,去皮提亚的
福波斯①神殿求问:做些什么
或说些什么,可以拯救这城邦。
我屈指数着日子,心怀忐忑,
不知道他发生了什么事情;因为他耽搁太久了,
超过了正常的期限。但请放心,
他一回来,我以人格担保,
一定严格执行神指示的一切。

祭　司

你的话真凑巧,我从他们②的动作
可以猜到,克瑞昂回来了。

奥狄浦斯

啊,阿波罗,我的主宰!

---

① 福波斯是阿波罗的别名,皮提亚是得尔斐的别名。
② 指某些看见克瑞昂回来了的乞援人。

但愿他的高兴乃是预告：
克瑞昂带来好消息，我们有救了。

祭　司

我猜，他带来的准是好消息，否则他不会
头戴桂冠，上面还结满果实。

奥狄浦斯

我们很快就可以知道了；他近了，
听得见了，如果我们问他什么。
　　（克瑞昂上）
爱卿，墨诺克奥斯之子，我的姻兄，
你从神那儿给我们带来了什么指点？

克瑞昂

好消息。我想，不管什么艰难险恶，
只要方法对头，事情总能向好的方向转变。

奥狄浦斯

神谕说了些什么？你的话使我摸不着头脑，
既不能令我放心，也不能令我担惊受怕。

克瑞昂

如果你要当众听我传谕信息，我打算
就在这里告诉你，不然我们还是进去说。

奥狄浦斯

说给大家听吧！我心里难过，
为了他们大家胜于为我自己。

克瑞昂

那就报告我从神那儿听到的。
大神福波斯吩咐我们，明明白白，
消除那污染忒拜土地的病害，
若让它留着，我们便无药可救。

奥狄浦斯

什么污秽？怎么清除？

克瑞昂

放逐或者流血，清偿一笔血债。
城邦眼前的激烈动荡，正是因为
这笔血债不曾得到偿还。

奥狄浦斯

神指什么人的血债？

克瑞昂

主上啊，在你治理这城邦之前，
拉伊奥斯曾是我们这地方的王。

奥狄浦斯

我知道，听说过，
只是从未见过他。

克瑞昂

他被杀了。如今神谕清清楚楚：
惩治凶手，不论他们是谁。

奥狄浦斯

他们在哪里？哪里去寻找
这陈年罪恶的模糊线索？

克瑞昂

神说就在我们这里:肯找就找得到;
消极等待,就让凶手漏网了。

奥狄浦斯

拉伊奥斯是在哪里遇害的？
家里,乡间,还是在国外？

克瑞昂

出国——照他说——去求神,
但是,出去了,没有再回来。

奥狄浦斯

没有任何信使或任何随行人员知情,
能够提供追查的线索？

克瑞昂

都死了,只有一个人害怕了,逃回来,
他看见的事也只有一件能说得肯定。

奥狄浦斯

哪一件？要知道,一条线索能让我们找出许多情况,
只要抓住线头我们就有希望。

克瑞昂

他说是遇上了强盗。国王被杀，
被一伙人，不是死于一个人。

奥狄浦斯

若非忒拜城里有人出钱指使，
强盗怎敢如此胆大妄为？

克瑞昂

这种想法曾经有过，但是一场祸害使我们
不曾有人站出来为拉伊奥斯之死复仇。

奥狄浦斯

国王死得如此悲惨，又有什么祸害
能妨碍这个案子的追查？

克瑞昂

那说谜语的斯芬克斯迫使我们应对，
搁下了那情况不明的事件。

奥狄浦斯

好，我要从头追查这血案，弄个水落石出。
福波斯发布了神谕，你也尽了你的责任，
你们都关心死者。现在轮到我，
你们也会看到我尽力尽责，报复
对城邦和神灵的这一罪行。
须知，即使为我自己，不为一个远亲①，

① 一个没血缘关系的亲戚，指拉伊奥斯。

我也要清除这病害。
因为,不论杀害前王的那人是谁,
他也会攻击我本人,用这同一只罪恶的手。
所以,帮助亲友也是帮助我自己。
现在,快,孩子们,离开这祭坛,
拿走这些乞援的树枝,派人去把忒拜百姓
召集来这里。我将宣布彻底追查。
在神的帮助下我们一定能成功,
——不然,等着我们的就只有灭亡。

(奥狄浦斯、克瑞昂下)

祭　司

孩子们,起来。国王答应了请求,
我们到这里来的目的已经达到。
福波斯发布了神示,愿他也用行动来解救我们,
为我们消除这场瘟疫,制止它继续流行。

(祭司领着乞援人下)

(二)
进场歌

(忒拜长老组成的歌队进场)

歌　队

（第一曲首节）
喜人的宙斯神谕啊，
你从多金的皮提亚①
给光荣的忒拜城带来什么信息？
我痛苦，我害怕，胆战心惊。
得洛斯岛的医神啊②，发发慈悲吧！
你要我怎样给你献祭，
用新的祭礼，还是复活
湮没已久的古老仪式？
啊，金色的希望之子啊，
请开圣口对我说明。

（第一曲次节）
我首先呼吁你，宙斯的女儿，神圣的雅典娜；
再呼吁你的姐妹，阿尔忒弥斯，我们这地方的
守护神，高坐在我们圆形广场里她著名宝座上的；
还呼吁远射之神福波斯·阿波罗，
三位救命之神啊，请你们对我显灵！
既然从前在我们城邦濒于毁灭之际，
你们曾经把肆虐的瘟疫赶出我们的国境，
如今也请你们降临呀，救救城邦，救救我们！

（第二曲首节）
哎呀，我受的痛苦数不清，
瘟疫正袭击我全体人民，

---

① 得尔斐（皮提亚）的阿波罗神庙各种贡金、赋税收入很多，庙里的宝库藏有金银宝物。
② 得洛斯岛或译提洛岛，爱琴海中一小岛，为阿波罗出生地。“医神”指阿波罗。

人的头脑已想不出办法保护他们。
如今不见这丰饶的土地结出果实，
不见孕妇在阵痛中号叫，
但见一个个灵魂奔向夜晚之神①
模糊不清的西方岸边，
急如星火，快若飞鸟。

（第二曲次节）
城邦在数不清的死亡中毁灭。
年轻人倒在地上，播散疫情，
没有人哀悼没有人怜悯；
年轻的妻子带着白发的老母
在各处神坛的台阶上
放声痛哭，乞求神灵帮助
解除她们难忍的苦痛。
乞求医神的祷告响亮清楚，
还夹杂着哀号。为了这些，
宙斯的金色女儿啊，
请赐给我们仁慈的救护。

（第三曲首节）
凶恶的战神，眼下虽然不拿青铜的盾牌②，
却像战场上一样，发出怒吼，
把我投入他攻击的火海。
但愿他突然转过身去，退出我们国土，
让一阵及时风吹到安菲特里特的

① 夜晚之神或称西方之神，日落于西。阳间和阴间交界处在西方。
② “不拿盾牌”暗示不是用战争而是用瘟疫来毁忒拜。

宽大卧榻[①],或者
难找到避风港的色雷斯海上。
黑夜若有什么破坏未尽,
白天便来接着做完它。
啊,你,电火之神!啊,宙斯,我们的父亲!
求你将他击毙,用你的霹雳。

（第三曲次节）
吕克奥斯的主宰[②]啊,
愿你无敌的箭雨点般射出去
援救我们。
愿阿尔忒弥斯光亮的火炬——
她举着它们跑遍吕克奥斯的山山岭岭——
也来帮助我们。
我也祈求你,头扎黄金发带的,
与我们这地方有着同一名称[③]的,
面带酒色的巴克科斯,
你,狂女[④]的伴侣,我求你,
也举着你明亮的火把来参战,
赶走阿瑞斯——众神轻蔑的战神。

---

① 安非特里特是海神波塞冬的妻子;“她的宽大的卧榻”指大西洋。

② “吕克奥斯的主宰”指阿波罗。

③ 酒神狄奥倪索斯常冠以“卡德墨亚的”限定词,与忒拜卫城卡德墨亚同名。酒神又名巴克科斯,忒拜城又名巴克赫亚,亦同名。

④ 狂女指酒神的女信徒。

（三）

第一场

（奥狄浦斯上）

奥狄浦斯

你乞求神灵，其实，只要肯听信我的话
并治疗自己的疾病，你就有希望
找到救助，摆脱苦难。
我要对全体人民公开说话。
因为，我是在这血案发生之后才成为一个忒拜人的。
所以，对这血案既不知情对这神谕也不明白，
如果我独自一人追查，又没有一条线索，
是查不深入的。因此，现在我向你们，
全体卡德摩斯的后裔宣布下列旨意：
　　你们中有谁知道拉布达科斯之子
拉伊奥斯是被什么人杀死的，
我命令他把全部案情报告给我。
如果他担心告发后因为有牵连
自己也受到告发，我可以让他放心：
他会受到宽大处理，最多被驱逐出境。
如果有人知道凶手是一个外邦人，
来自境外，也请说出来，

我会给他奖赏,外加对他心怀感激。
但是,如果你们不说,如果有人因为害怕
企图包庇朋友或自己,不顾我的命令,
那么我的办法如下,你们大家必须听着:
在我统治的这个王国里,不论什么地方,
我要你们弃绝这个罪人,不论他是谁,
不收容他,不和他说话,
不和他一起祈祷,不和他一起祭神,
也不为他举行净罪仪式;
大家都不让他进屋,既然他是
污染我们的毒源,正如皮提亚的
神谕新近向我宣示时给他定性的。
　　因此我要这样来彰明天意帮助死者:
我诅咒这隐蔽的犯罪人,
不论他是单独行动还是带别人一起干的,
愿他罪恶的生命在极端的不幸中灭亡。
如果我知道谁是凶手,
却把他藏在我的宫殿里,
我愿受到刚才对凶手一样的诅咒。
希望你们完全遵从我的这一命令,
为了我,为了神,为了这块
遭到神谴,不结果实了的土地。
　　你们的国王,一个高贵的人被杀害了,
你们竟丢下不管,不清洗血污,
即使神不催逼,也是不合适的。
你们必须追查。如今既然我
执掌着他从前拥有的统治权力,
娶了从前为他生儿育女的妻子,睡上了他的床,

又如果他求嗣的希望不曾落空①，
一母所生的子女作为纽带
也把我和他连结成了一家人。
不幸，厄运突然落到了他的头上。
有上述这些理由，我要为他报仇雪恨，
像为我自己的父亲报仇一样，
为拉布达科斯之子，波吕多罗斯的孙子，
老卡德摩斯的曾孙，远祖阿革诺尔的玄孙，
不遗余力侦查出那个杀害他的凶手。
　　对于那些不服从我命令的人，我求众神
罚他们土地不结果实，女人不孕孩子，
罚他们在当前的瘟疫或一场更可怕的灾难中灭亡。
但是，对于你们这些听从我命令的
卡德摩斯的忠实后人，愿我们的盟友正义女神，
还有所有别的神，永远好心保佑你们。

歌队长

照你的誓言对我的要求，
我的王啊，我给你如下的答复：
我没有杀人，也指不出杀人凶手。
既然这个谜是福波斯出的，
让他来解答这凶手是谁。

奥狄浦斯

你说的对。但是，没有一个人
能逼神灵做他不想做的事情。

---

① 奥狄浦斯不知道拉伊奥斯有过儿子。

歌队长

那么,让我提出第二个我觉得最好的办法吧。

奥狄浦斯

如果还有第三个办法,也请说出来。

歌队长

我们的先知特瑞西阿斯最通晓
我主福波斯的神意;我的王啊,
问这事情从他那里最能问个清楚。

奥狄浦斯

这件事我也不曾忽视,
克瑞昂提议后,我两次派人去请他,
可是不知道他为何这么多时了还不到。

歌队长

另外有过一个传说——只是久远了,模糊。

奥狄浦斯

什么传说? 我要知道每个消息。

歌队长

据说他是被几个过路行人杀死的①。

奥狄浦斯

我也听说过,只是没人见过这目击者。

---

① 第 122 行说是一伙强盗。

歌队长

如果他知道什么是害怕,听到你
如此可怕的诅咒,会吓跑了的。

奥狄浦斯

不怕事情的人不会害怕一句话。

歌队长

但是,一个揭发的人来了。
瞧,他们终于把通晓神意的先知带来了,
人间只有他天生知道真相。
（一童子引领特瑞西阿斯上）

奥狄浦斯

特瑞西阿斯啊,你的心灵通晓一切:
可以言传的和无法言传的,天上的和地上的。
你虽然看不见,但是知道我们城邦
遭到了什么样的瘟疫。伟大的先知啊,
我们把救护城邦的唯一希望寄托在你的身上。
你一定已听使者说了,
对我们的问题福波斯传来了答复:
我们能否有办法摆脱这场瘟疫,全看我们
能否准确地查出杀害拉伊奥斯的凶手,
并把他们处死或驱逐出境。
现在就请你别拒绝,或者根据鸟声,
或者用别的什么你所掌握的占卜术,
拯救你自己,拯救城邦,拯救我,

清除因死者的一切染污[1]。
我们全靠你啦！须知，人生最高尚的目标
在于尽其所有、尽其所能帮助别人。

特瑞西阿斯

哎呀！在智慧对智慧者不利的地方，拥有智慧
多么可怕！嗯，这道理我懂得非常清楚，
但是忘记了；不然我永远不会到这里来了。

奥狄浦斯

怎么回事？你来了这么懊丧。

特瑞西阿斯

放我回家吧。你的事你很容易对付过去，
我的事我自己也容易对付，如果你答应放我回去。

奥狄浦斯

你的话不对，对养育你的城邦不热爱，
因为你知道这秘密不肯说出来。

特瑞西阿斯

我觉得你的话不合适，我所以不说，
是怕承受你同样的……

奥狄浦斯

看在众神的分上，如果你知道，
请别走，我们全都跪下求你啦！

---

① 死者指拉伊奥斯。

特瑞西阿斯

你们全都不知道。我永远不会暴露
我的不幸,为了不暴露你的不幸。

奥狄浦斯

你说什么?你知道这秘密不告诉我们,
这不是存心背叛我们,毁灭城邦吗?

特瑞西阿斯

我不愿让自己痛苦,也不愿让你痛苦。
何必白费口舌?我不会告诉你的。

奥狄浦斯

啊,最坏的人,你的脾气能使石头生气。
你永远不开口吗?
就这么心硬这么固执?

特瑞西阿斯

你指责我的脾气,你自己的——①
和你形影不离。你看不清,只指责我的。

奥狄浦斯

这种话实在有辱城邦,
谁听了能不生气?

① “你自己的”可能是吞吞吐吐地想说“你的母亲”,可奥狄浦斯却以为是说“你的脾气”。

特瑞西阿斯

即使我用沉默掩盖,事实还会真相大白。

奥狄浦斯

既然真相终将大白,你应该因此告诉我。

特瑞西阿斯

我不再往下说了。为此
你要发脾气,就发个痛快吧。

奥狄浦斯

是的,我太生气了。事实上我要把心里想的
毫无保留讲出来。你听着,照我看,
你参与策划了那起血案,除了亲手杀人之外,
你什么都参与了。如果你不是个瞎子,
我要说,事情是你一个人干的。

特瑞西阿斯

真的吗?那么我要求你遵守
自己宣布的命令,从今天起
你别再跟长老们也别跟我说话啦!
因为,你就是那污染这地方的罪犯。

奥狄浦斯

你太无耻了,说出这样的话。
说这话你怎能相信避免惩罚?

特瑞西阿斯

我已经避免了。事实真相里有我的力量。

奥狄浦斯

谁教给你这个？至少不是你的法术。

特瑞西阿斯

是你，你逼我说出我不愿说的话。

奥狄浦斯

什么话？再说一遍，让我听得更明白些。

特瑞西阿斯

你没听懂我的意思还是逼我继续说下去？

奥狄浦斯

我不能说真的懂了，还是再说一遍吧！

特瑞西阿斯

我说你就是你正在追查的凶手。

奥狄浦斯

两次出言伤人，你要后悔的。

特瑞西阿斯

还要我再说，让你再生气吗？

奥狄浦斯

要说就说吧！反正都是白费口舌。

特瑞西阿斯

我说，你以想不到的可耻和自己最近的

亲人生活在一起，却不知道这是不幸。

奥狄浦斯

你一直这么说下去，真的以为可以不受惩罚吗？

特瑞西阿斯

是的，如果事实真相里确有某种力量。

奥狄浦斯

不，大家都有，就是你没有。对于你，
那种力量是不存在的，既然你又聋又笨又瞎。

特瑞西阿斯

你这可怜虫，骂我这些话，
这里所有的人不久就会用同样的话回敬你的。

奥狄浦斯

一个无边黑夜中长大的人，你呀，
伤害不了我或任何看得见阳光的人。

特瑞西阿斯

不，命运注定不该我来扳倒你，
阿波罗有足够的力量，该他完成这件事情。

奥狄浦斯

这是克瑞昂的诡计还是你的？

特瑞西阿斯

克瑞昂一点没有害你，是你自己害自己。

奥狄浦斯

财富、王权
和超越生存竞争技能之上的技能啊，
你们受到多么大的嫉妒呀！
你看，为了这统治权——城邦
送到我手里的，不是我要来的——
我信赖的老朋友克瑞昂
正悄悄地向我爬过来，企图推翻我，
收买了这么个诡诈的术士，
狡猾的乞丐——一向只想捞好处，
占卜术一窍不通。
（向特瑞西阿斯）
喂，劳驾告诉我，你何曾表明过
你是个高明的先知？
那只用诗歌说谜语的狗[①]在这里的时候，
你为什么不说话，不出来拯救同胞？
那谜语本不是随便猜得了的
这地方正需要先知的非凡技巧。
可那次并没有看到你显示先见，
或靠神的启示或凭鸟的飞鸣。
直到我来终止了它的为害，
一个不懂占卜的奥狄浦斯，
不靠飞鸟的暗示，只凭自己的智慧。
正是这个奥狄浦斯，你企图推翻他，
想成为克瑞昂的亲信，分享他的权力。
我想你和事情的主谋者会后悔
太热心于清除这地方的污秽。

---

① 指人面狮身的女妖。

要不是看你上了年纪，早就让你知道，
如此大胆妄行应该尝到什么苦头。

歌队长

我们觉得，这个人和你，
奥狄浦斯啊，都是在说气话。
这样做没有必要。我们应该研究，
如何能够最好地实现神的指示。

特瑞西阿斯

诚然你是国王，但是至少答问的权利
必须认为彼此同等；这方面我也是一个主人。
我活着不是你的奴隶，只是洛克西阿斯[①]的仆人。
因此我也不会登记在克瑞昂的被庇护人名册上。
既然你还骂我是瞎子，因此我也要对你说：
你虽然有眼睛，但是看不见自己的不幸，
看不见自己住在哪里，和谁住在一起。
你知道是从哪个根上长出来的？你无意中成了
自己已死的和活着的亲属的仇人。
有朝一日母亲的诅咒和父亲的诅咒
将一起紧追不舍，驱赶你离开这方土地，
你现在看得清楚的双眼那时一片漆黑。
等你发觉这个家里的婚姻，原来是你
一路幸运航行之后驶进的不幸港湾，
而一切不幸的顶点还在于你没料到，
你其实是自己子女们一母所生的兄弟。
等你明白了这一切，等到那个时候，
这地方有哪一处听不到你的哭声！

---

① 洛克西阿斯是阿波罗的别名之一。

基泰戎山有哪一处不发出你哭喊的回音！

因此，尽管骂克瑞昂，骂我诽谤吧，
反正这人世间不会有谁比你更受苦的了。

奥狄浦斯

听这家伙说话谁能受得了？

（向特瑞西阿斯）

该死的东西，还不快滚，离开我的家，
快从这里滚回到你自己家里去！

特瑞西阿斯

不是你召唤，我压根儿不会来。

奥狄浦斯

我不知道你会说出这种蠢话，不然，
我决不会派人请你到我家里来。

特瑞西阿斯

照你看来，我是一个天生的蠢人，
但在你的生身父母看来，我有智慧。

奥狄浦斯

生身父母？等一等，世间谁是我的生身父亲？

特瑞西阿斯

今天生你，今天也亡你。

奥狄浦斯

又是谜语！你只会说暗示出谜语。

特瑞西阿斯

你不是最善于解暗示猜谜语吗?

奥狄浦斯

那是我的好运,你却拿它骂我。

特瑞西阿斯

然而,正是这好运害了你。

奥狄浦斯

我自己无所谓,只要救了城邦。

特瑞西阿斯

现在我走啦。来,童子,领我离开这里。

奥狄浦斯

好,让他领你走。你在这里,碍事惹气,
你走了,就不再有人惹我烦恼。

特瑞西阿斯

我要等完成了任务再走,我不怕你。
因为,你杀死我——这难以想象。
我此来的任务是要告诉你:
你追查了这么多时宣布要严惩的
杀拉伊奥斯的凶手,这个人就在这里,
人们以为他是个外来人,以后他会被发现,
原来是个土生土长的忒拜人,不高兴自己的好运。
明眼人成了盲者,富人成了乞丐,
靠一根手杖探路,远走异国他乡。

他将被发现是和他同住一屋的
自己的子女的兄弟和父亲，又是
生养他的那个女人的儿子和夫君，以及
自己父亲的共同播种人和杀人凶手。

　　这些话你进去想想，如果我说的有错，
那时再来骂我没有先知预言的本领。

　　（特瑞西阿斯由一童子引走，奥狄浦斯进宫）

（四）
第一合唱歌

歌　队

　　（第一曲首节）

得尔斐石窟[1]传来神谕指出的，
那个用血染的手犯下无以名状罪恶的是谁呀？
现在到了他撒开
比快如风暴的骏马
还有力的脚步逃跑的时候了。
因为，用宙斯的火与电武装起来的阿波罗
正向他追来，
和他一起追来的

---

① 得尔斐阿波罗的神谕由庙内一石窟传出。

还有那可怕的永无差误的命运之神。

（第一曲次节）
刚从积雪的帕尔那索斯山发出的神谕[1]
要大家寻找那个隐藏的罪人。
他躲进了野树林子，
从一个山洞流浪到另一个山洞，
像一头凶猛的公牛，
凄苦孤独地走着，
还在努力摆脱
大地中心[2]的神谕[3]。
但他摆脱不了它，
它一直盘旋在他头顶上。

（第二曲首节）
这智慧的预言家着实使我非常烦恼，
他的话我既不能同意也不能否认，
我不知道该说什么好。
我参不透那预言，当前未来都看不清。
无论过去还是现在，我从未听说过，
拉布达科斯家族和波吕玻斯的儿子
之间有过什么争吵，
可以作为证据，
用来攻击奥狄浦斯的好名声，
并为拉布达科斯的后人
向那尚未揭发的谋杀者

① 帕尔那索斯山在得尔斐北面，这里只是把“得尔斐的神谕”换了一个说法。
② 指得尔斐阿波罗神庙，神庙院内有一石，称脐石（大地的肚脐），意为大地的中心点。
③ 原诗此处残缺一行。

设法复仇。

（第二曲次节）
事实上只有宙斯和阿波罗够得上英明，
能够洞察人间的隐秘。
若说俗骨凡胎的预言家
知道的事情比我多，
这缺乏可靠的证据。
虽然一个人的智力
可能超过另一个人。
在他的预言得以证实之前，
我决不同意责骂奥狄浦斯。
因为，当初那个长翅膀的妖女
朝他走来的时候，
大家看见了他的智慧，
看见他经受住了考验，挽救了城邦。
因此，若问我心里的想法，我认为
他永远不会被判定有罪。

（五）
第二场

（克瑞昂上）

克瑞昂

同胞们，听说奥狄浦斯国王
对我进行了可怕的指控，
我受不了，向你们诉冤来了。
如果他认为我在眼下的麻烦里
说了什么或做了什么伤害他，
背上这黑锅，余下的日子
我活着还有什么乐趣。
因为，如果不仅市民们说我坏，
你和朋友们也都这么说，
那么，这指控对我的损害
就不限于一个方面，而是无所不包的了。

歌队长

这种指控很可能是一时
气头上的话，没有经过头脑想过。

克瑞昂

他有没有说过是我教唆
先知，造谣中伤他的？

歌队长

说是说过，有没有想过我不知道。

克瑞昂

在对我进行这一指控时，
他的眼神和心智正常吗？

歌队长

我不知道。国王的动作我没看见。
瞧,他自己来了,从宫里出来了。

（奥狄浦斯上）

奥狄浦斯

你这家伙,为什么到这里来?
既然你分明是想谋害我,窃取我的王位,
你竟有这脸皮,还敢到我这家里来?
当着众神的面,你说说看,
你起这个心是不是认为
我愚笨或胆怯?
你是不是以为,你悄悄地向我逼近,
我不会觉察,或者,发觉了不敢制止你?
没有党羽或朋友,却觊觎王位,
你这企图岂不愚蠢?王位这东西
是靠党羽和金钱才能赢得的。

克瑞昂

现在请听我说。
你已经说过了,下面轮到我说话了,
等听明白了我的话,你再作判断。

奥狄浦斯

你擅长辞令,我生性迟钝,听不懂你的。
但我看出了,你心怀叵测,与我为敌。

克瑞昂

现在请你首先就听我解释清楚这一点。

奥狄浦斯

只是别对我说，你不是坏人。

克瑞昂

如果你把糊涂顽固视为财宝，
你就错了。

奥狄浦斯

如果你以为谋害亲人可以不受惩罚，
你就错了。

克瑞昂

我承认你这话说得对，只是请你告诉我，
我在什么地方谋害了你，像你说的。

奥狄浦斯

是不是你劝我派人去
请那个高明的先知？

克瑞昂

即使现在我还会出这个主意。

奥狄浦斯

那么请告诉我，已经多久了拉伊奥斯……

克瑞昂

什么事“多久了”？我不明白你的意思。

奥狄浦斯

被凶杀逝世多久了？

克瑞昂

时间过去很久很久了。

奥狄浦斯

这个先知那个时候有预言术吗？

克瑞昂

他和现在一样智慧，一样受到尊敬。

奥狄浦斯

在那段时间里他提起过我吗？

克瑞昂

他在我跟前的确从未说起过你。

奥狄浦斯

且问，你们有没有追查过凶手？

克瑞昂

当然查过，只是没查出什么结果。

奥狄浦斯

这位智者为什么那个时候不发表预言？

克瑞昂

我不知道。不知道的事情我爱保持沉默。

奥狄浦斯

有这一点你总该知道的，并且能够说得清清楚楚。

克瑞昂

哪一点？如果真知道，我不会不说出来。

奥狄浦斯

如果不是得到你的授意，
他永远不会说拉伊奥斯是我杀的。

克瑞昂

他是不是这么说的，你自己知道。可是
正如你刚才提问我一样，现在该我向你提问了。

奥狄浦斯

尽管问吧。反正我不会被发现是凶手。

克瑞昂

那么请回答我，我的姐姐是不是你的妻偶？

奥狄浦斯

这是一个不容否认的事实。

克瑞昂

你和她不是共同统治着同一块土地，有着同等的权力吗？

奥狄浦斯

她想要什么都可以得到我的满足。

克瑞昂

我不是第三号人物，和你们两人有着同等的权力吗？

奥狄浦斯

正因为这个缘故，你才被视为一个坏朋友。

克瑞昂

如果你能像我一样地思考问题，结论就不一样了。
首先，请想一想，你认为
有谁愿意做国王担惊受怕，
而不愿有同样的权力而又无忧无虑？
我这个人天生的不渴求
国王之名，但求有国王之实。
一切头脑清醒的人都愿意这样。
如今我从你得到一切，有你做挡风墙，
如果自己当了国王，就要做许多事情违反心愿。
　　因此，对我来说，拥有王位怎比
有权有势而无忧无虑更甜蜜？
我没这么傻，不要
有利的荣誉而要不利的。
现在人人讨好我，个个向我致敬，
现在有求于你的人都来找我，
因为，他们的一切好运都在我手里。
因此，我怎会舍弃这种好事挑选别的？
明智和作恶是两不相容的。
因此我自己不会喜欢作恶，
别人作恶也不可能得到我的合作。
　　如果不信我的话，首先请到皮提亚去查证一下，
看我向你报告神谕，是不是说的真话。

然后，如果你发现我和先知一起策划过什么阴谋，
就请以你我两人的名义——不以你一人，
给我判罪，并且，把我捉来杀了。
不过，你不能只凭怀疑不加审讯就给我定罪呀！
因为，随随便便把坏人当好人、
把好人当坏人都不公正。
我以为，一个人抛弃他忠实的朋友
无异于抛弃他最珍爱的生命。
这件事你一定会明白的，只是需要时日。
既然只有时间能证明一个人的正直，
虽然，或许只要一天就能认出一个坏人。

歌队长

对于谨防跌跤的人，他的话说得好，
吾主啊，仓促的判断容易失误。

奥狄浦斯

悄悄的阴谋者加紧向我逼近的时候，
我也必须迅速采取对策；
如果我等着挨打，不采取主动，
他阴谋就会得逞，我就会失败。

克瑞昂

那么，你想做什么？把我放逐出国？

奥狄浦斯

不，不是放逐，我要处死你
好让人们看到嫉妒者的下场。

克瑞昂

你的话表明你
决心不让步,不肯信任我。

奥狄浦斯

[……][1]

克瑞昂

不,我看出你头脑不清楚。

奥狄浦斯

至少,为自己,我头脑清楚。

克瑞昂

不,为我,你也应该头脑清楚。

奥狄浦斯

不,你是一个坏人。

克瑞昂

但是,如果你什么也不明白?

奥狄浦斯

我还必须统治。

克瑞昂

不行,如果统治坏了。

---

① 原诗此处残缺一行。

奥狄浦斯

啊,城邦呀城邦!

克瑞昂

城邦也是我的,不单是你一个人的。

（伊奥卡斯特上）

歌队长

两位王爷啊,别吵了。瞧那边,正巧,
我看见伊奥卡斯特出宫朝你们走来了。
她是最合适的中间人,调解你们眼前的纷争。

伊奥卡斯特

两个不幸的人啊,你们为什么发生
如此愚蠢的争吵?这地方正闹瘟疫,
你们还闹私人纠纷,不害臊吗?
你,奥狄浦斯,还不回宫去?还有你,克瑞昂,也回家去吧!
别把一点点不愉快闹成大大的怨恨。

克瑞昂

我的亲姐姐,你的丈夫奥狄浦斯
要对我下毒手。两件坏事挑选一件,
或者把我逐出祖国或者把我捉起来处死。

奥狄浦斯

是的,你不知道呀,夫人,他正在害我,
用罪恶的预言。我把他捉住了。

克瑞昂

如果我真做过什么你指控的事情，
就让我永远晦气，遭受诅咒不得好死。

伊奥卡斯特

啊，看在诸神分上，奥狄浦斯呀，相信他的话吧！
首先因为他已对诸神发了誓，
其次也看在我和站在你面前的这些长老面上。

歌　队

（哀歌　第一曲首节）
王啊，我求你，听人劝，
理智点，别固执。

奥狄浦斯

那么，你要我听什么？

歌　队

这个人的忠诚一向有名，如今立了誓言，
更可信了，你应该尊重他。

奥狄浦斯

你知道你要求什么吗？

歌　队

我知道。

奥狄浦斯

那么说出来吧，把你想说的。

歌　队

务必不要凭一句未经证实的流言，
指控、侮辱一位立了誓言的朋友。

奥狄浦斯

你得相信，你提出这个要求
就等于要求我死亡或者流放。

歌　队

（第二曲首节）
凭众神中最重要的赫利奥斯起誓
我决无此心。若有此心，
愿神人共弃，不得好死。
但是，我这不幸的人心里难过，看到
田园毁坏，想起，如果已有的灾难
再加上你们两个引起的新灾难。

奥狄浦斯

那么，放他走吧，不论我要付出什么代价，
或者被判死刑或者可耻地被迫流亡国外。
你的话——不是他的，可怜打动了我的心，
但这个人，不论到哪里，都将遭我痛恨。

克瑞昂

你让步时也还是那么忿忿，
不减盛怒时的凶狠，
这种性格最痛苦，难怨别人。

奥狄浦斯

还不让我安静一会儿,还不快滚?

克瑞昂

我这就走。
你不理解我,但长老们知道我的公正。
（克瑞昂下）

歌　队

（第一曲次节）
夫人,你为什么迟迟不把他带进宫去?

伊奥卡斯特

等我弄明白,发生了什么事情。

歌　队

这一个听信谣言,起了疑心,
那个呢,被委屈,伤了感情。

伊奥卡斯特

双方都有责任?

歌　队

是的。

伊奥卡斯特

把事情的前前后后说给我听听。

歌　队

算了,我说算了吧。在此国土多灾多难之际,就让事情结束在它停下来的地方吧!

奥狄浦斯

你是个头脑健全的人,怎么倒来
削弱和挫折我的心气?

歌　队

（第二曲次节）
王啊,我说过不止一次了,
如果我改变了对你的忠诚,
就表明我成了个失去理智的人。
在我们亲爱的国土遭到危险之际,
是你为它找到了一个安全的港口;
如今愿你再次成为我们的好领航人。

伊奥卡斯特

看在众神的分上,我的王啊,请告诉我,
什么事使你如此生气,不肯息怒?

奥狄浦斯

我告诉你。因为我尊敬你,夫人呀,超过他们这些人。
我告诉你:原因就是克瑞昂对我要阴谋。

伊奥卡斯特

请说清楚点,争吵是什么引起的?

奥狄浦斯

他指名我是杀害拉伊奥斯的凶手。

伊奥卡斯特

他自己查明的还是听旁人说的?

奥狄浦斯

他收买了一个无行的先知代言,
他自己倒什么也没说。

伊奥卡斯特

你说的这事,如今不必害怕;
我告诉你一个故事,你听了就会知道,
没有一个凡人真能预言。
我将给你一个证据,足可以证明这一点。
　　从前有一天,拉伊奥斯听到一个预言。
我不认为那真是福波斯的神意,
我认为那是祭司捏造的。预言说,
他将遭到厄运,死在一个孩子手里,
这孩子且是我和他所生的儿子。
可是后来拉伊奥斯,至少传闻如此说,
是被一些外邦行人杀死的,在一个三岔路口。
而我们的孩子则早在出生不满三天时,
即已被拉伊奥斯钉了两脚的脚跟,
被人扔进了荒无人烟的深山里。
　　在这里,阿波罗没让这种事情发生:
那孩子成为杀死父亲的凶手,或者
拉伊奥斯如所害怕的死于儿子手里。
先知预言未来的本领不过如此,
你完全不用信它。神要凡人做什么事情,
宣谕一下轻而易举,用不着先知帮忙。

奥狄浦斯

听了你的话，夫人呀，
我六神不安心乱如麻。

伊奥卡斯特

什么事使你吃惊，使你说这话？

奥狄浦斯

我好像听见你说的是，
拉伊奥斯被杀在一个三岔路口。

伊奥卡斯特

那时是这么说的，现在还在这么传着。

奥狄浦斯

那不幸事件发生的三岔路口在什么地方？

伊奥卡斯特

那地方名唤福基斯，从得尔斐来的路
和从道利斯来的路到这里合而为一。

奥狄浦斯

事情发生离现在有多久了？

伊奥卡斯特

在你被看到取得这地方的统治权之前
不多日子，这消息才向全城公布。

奥狄浦斯

宙斯啊，你那是要对我干什么呀？

伊奥卡斯特

这里边有什么东西使你如此不安？

奥狄浦斯

且别问，请先告诉我，拉伊奥斯
有多大年纪，长的什么模样。

伊奥卡斯特

他个子高大，刚有几根白发，
长相和你差不多。

奥狄浦斯

我多不幸呀！我想，我刚才是
狠狠地诅咒了自己，还不知道。

伊奥卡斯特

你说什么？我的王啊，你的样子叫我看了发抖。

奥狄浦斯

我真怕那先知的眼睛并不瞎。
再告诉我一件事，你就让我更明白了。

伊奥卡斯特

我虽然在发抖，但是你的问题
我听了一定回答。

奥狄浦斯

他只带了少数仆人，还是像一个
王者带了大队的武装扈从？

伊奥卡斯特

他们一共五个人,其中一个是传令官,
只有一辆马车,上面坐着拉伊奥斯。

奥狄浦斯

啊呀！真相已经大白了。这消息,
夫人啊,当时是谁告诉你的?

伊奥卡斯特

一个仆人,唯一活着回来的。

奥狄浦斯

或许他现在还在这家里还在你身边?

伊奥卡斯特

不在。他从那地方回来后,看见
你接替拉伊奥斯握有了王权,
就拉住我的手,求我
把他派到乡间牧羊的草场上去,
让他离开忒拜城尽量远点。
我就让他去了。他是个好仆人,
配得到比这更大的恩典。

奥狄浦斯

我真希望他尽快回到我们这里来。

伊奥卡斯特

这容易。可是为什么你要他回来?

奥狄浦斯

夫人啊,我要见他的原因,
我怕已经对你说得太多了。

伊奥卡斯特

他会来的,可是,我的主啊,你也总该
让我知道,你心里到底害怕什么。

奥狄浦斯

我的不祥之感已到这个地步,
实在应该让你知道了。在承受这样的命运时,
还有谁比你我更应该把事情告诉的?
　　我的父亲波吕玻斯,科林斯人;
母亲墨罗佩出身多里斯。在科林斯
我一直被尊为市民中第一号贵人。
但是后来发生了一件意外的事情。这事
虽然值得惊讶,但不值得我念念不忘。
那是在一次宴会上,有个人喝醉了,
称我为波吕玻斯的假子。
当天我虽然苦恼,但是忍住了。
次日我去问我的父母,他们很生气,
责怪那人信口开河,辱骂了我。
他们虽然安慰了我,但是事情并未
到此结束,因为,这流言正在广为传播。
于是我瞒着父母去了皮提亚,
福波斯没有正面回答我的询问,
却说了一个别的预言打发我,
这预言令人听了毛骨悚然。
他说我命中注定要玷污母亲的婚床,

会生出一些叫人看了恶心的孩子，
还要成为杀害生身父亲的凶手。
　　听了这神谕我开始出发逃亡，
从此借着星座辨别方向，背对
科林斯的国土，逃往一个我永不可能看到
预言所说的耻辱实现的地方。
一路上我来到了你所说的先王被杀的那个地方。
夫人呀，我要告知你真情实况。
我一路走来快到那个三岔路口了，
对面过来一个传令官和一个坐在马车上的人，
像你描述的那样。向导和那老者本人
态度粗暴地要我靠边，不让我走在路上。
我一怒之下打了那个推搡我的人——驾车的驭者。
　　老者见此，等我从他车旁走过时，
从车上操起两头尖的刺棍
对准我的脑袋打下来。
但是他付出了过大的代价，
挨了我手里棍子闪电般一击，
立刻从马车上仰面栽倒下来。
我干脆把其余的人也一起杀了。
　　如果我这个外邦人和拉伊奥斯
竟有什么血缘关系，那么，还有谁比我更可怜？
还有谁比我更遭神明憎恨？
没有一个外邦人也没有一个忒拜公民
被容许在家里接待我这样的人，
没有人可以和我说话，到谁家里
谁就必须赶我出门。这样的诅咒
正是我自己加给自己的，不是别的什么人。
我用这双杀害他的手污染了他的床榻，
因此，我不是个坏人吗？我不是非常不洁吗？

我必须被驱逐出境,并且,在放逐中
必须不看见自己的亲人,不踏上自己祖国的土地。
不然的话,我就必定会娶我的母亲为妻,
杀死我的父亲,生我养我的波吕玻斯[1]。
　　因此,如果有人判断说,这些事情是一种神力
强加于我的,他不是说得很公正吗?
你们,神圣可敬的众神啊,
别让我,啊,别让我看到这一天!
不,让我离开人世吧,在我还没
看见这罪恶在我身上留下污迹之前。

歌队长

国王啊,虽然我们觉得这件事很是可怕,但是,
在你向那目击者完全打听清楚之前,请不要失望。

奥狄浦斯

我实在也只有这一点希望了,
只有等待那个牧人回来。

伊奥卡斯特

等他来了,你想打听什么?

奥狄浦斯

夫人呀,对你说吧:如果他的话
和你一致,我的灾祸就没了。

伊奥卡斯特

你从我的话里听出了什么特别之处?

---

① 到此奥狄浦斯已经疑心是自己杀了拉伊奥斯,但还不曾想到拉伊奥斯是他的父亲。

奥狄浦斯

据你说,那个人报告,拉伊奥斯是被
一伙强盗杀死的。如果他这次说的
还是这个人数,杀人的就不是我。
因为一无论如何不等于多。
可是,如果他说的是一个单身旅客,
那么这一罪行就准定是我的了。

伊奥卡斯特

他是这么说的,你应该相信;
这话他不能收回,因为
全城都听说了,不止我一个人。
即使他的话有什么改变,
我的主啊,他也永远不能
让拉伊奥斯的死和神谕完全一致,
因为洛克西阿斯当初说得明白,
他注定死于我儿子之手。
但是,那可怜的孩子没有杀父,
自己倒先死了。
从此以后,我就不再因为神谕
左顾右盼寻找迹象。

奥狄浦斯

你想的对;不过还是派个人去
把那牧人叫来,别忘了。

伊奥卡斯特

我马上派人去。我们还是进屋去吧,
你喜欢的事情我会照办的。

（奥狄浦斯、伊奥卡斯特下）

（六）
第二合唱歌

歌　队

（第一曲首节）

天神为了规范人类的言语行为，
制订了许多最高的法律条文。
它们的父亲是宙斯，不是凡人，
是神在天上的奥林波斯订出的，
人类谁也不能忘记它们，或者
置之不理。天神正是因它们
才得以伟大，得以永恒的。
啊，命运之神呀，愿你依旧看出，
我的一切言行遵守神律保持清白。

（第一曲次节）

傲慢养育暴君，
傲慢如果有过多的财富，
于它是有害的。
当它上升到顶点时，
就会堕入无底的深渊，

永远爬不上来。
但是，我求天神不要压制
对城邦有益的竞争。
我永远依靠神的保护。

（第二曲首节）
如果有谁言行傲慢不逊，
不畏正义[1]，不敬神像，
愿厄运捉住他，
为了他不祥的傲慢。
如果他不正当地赢得利益，
不规避亵渎行为，
用肮脏的手玷污圣物。
做了这种事情，谁敢夸说
他能避过天神的箭，
保住自己的命？
不，如果这种行为受到尊敬，
我又何必来参加歌舞呢？

（第二曲次节）
如果神的预言不能
让大家看到它的灵验，
我就不再会敬畏地去到大地中央
不可侵犯的神殿，
也不会去阿拜的庙宇
或奥林匹亚的圣地[2]。

---

① “正义”或译正义女神。“不敬神像”会使观众想起公元前 415 年赫尔墨斯像柱被毁的重大案件。

② 阿拜城的庙宇和奥林匹亚的圣地都是指祭祀宙斯的地方。

不,我的王啊——如果称你为“王”不错,
统治一切的宙斯!别让这件事逃过你,
逃过你永恒不朽的权力。
　　关于拉伊奥斯的古老预言
已被遗忘,不再有人提起,
于是不再有地方可以看到对阿波罗的崇敬,
对众神的崇拜正在衰落。

(七)
第三场

(伊奥卡斯特偕宫女上)

伊奥卡斯特

忒拜的长老们啊,我想起了求神,
手捧这缠羊毛的树枝和这些香花供品
来到神坛跟前。因为奥狄浦斯
受到各种凶信的警告,心灵遭到过分的刺激。
他不能像一个理智正常的人那样,
运用过去的经验判断眼前的事情,
而是,见人预报凶事,他就相信。
既然劝他无效,吕克奥斯的阿波罗啊,
我就来求你了,因为你离我最近,
带着这些象征祈求的供品。

求你为我们找到一个摆脱污染的办法。
如今，看见他恐怖，我们大家也害怕，
就像船上乘客看见舵手恐怖时一样。

（报信人甲上）

报信人甲

朋友们，我可以向你们打听一下吗，
国王奥狄浦斯的宫殿坐落在哪里？
最好告诉我，他本人在哪里，如果知道。

歌队长

客人，这就是他的家，他本人在里边，
这位夫人是他孩子们的母亲。

报信人甲

愿她和她幸福的亲人们永远幸福，
既然她是他无可挑剔的妻子①！

伊奥卡斯特

客人，也愿你幸福。为了你的祝福，
你也应该得到祝福的回报。但请告诉我，
你此来是要求什么还是报告什么。

报信人甲

夫人啊，为了报告好消息，对你的家和你丈夫有益的。

伊奥卡斯特

什么好消息？你是从谁那儿来的？

---

① “无可挑剔的妻子”或译“全权的妻子”、“合法的妻子”。

报信人甲

从科林斯来。你听了我报告的消息
一定高兴。怎么不呢？但也许会悲伤。

伊奥卡斯特

到底是什么消息？它怎能使我又高兴又悲伤的？

报信人甲

伊斯特弥亚[①]土地上的人民要立奥狄浦斯为王，
那里的人是这么说的。

伊奥卡斯特

什么？老波吕玻斯不是还在为王吗？

报信人甲

不了，因为死神已经把他送进了坟墓。

伊奥卡斯特

你说什么？老人家啊，波吕玻斯已经死了？

报信人甲

如果我这话有假，就让我死。

伊奥卡斯特

　　还不快把这消息告诉主人？
啊，众神的预言呀，如今还有谁信你？
这个人，奥狄浦斯长久以来一直躲着他，

---

① 伊斯特弥亚为科林斯城所在地区。

担心会杀了他;如今他死了,
是寿终正寝,不是奥狄浦斯杀的。

（奥狄浦斯上）

奥狄浦斯

伊奥卡斯特,啊,我最亲爱的夫人,
你为什么把我从宫中叫到这里?

伊奥卡斯特

你听听这个人带来的消息,一边听一边想想,
所有那些可怕的预言哪一点应验?

奥狄浦斯

这个人是谁?他告诉我什么消息?

伊奥卡斯特

他从科林斯来,报告说你的父亲
波吕玻斯死了,已经不在人间。

奥狄浦斯

你说什么,客人?你再亲口对我说一遍。

报信人甲

如果把这消息报告清楚是我首要的义务,
那么你请听明白:波吕玻斯确实死了。

奥狄浦斯

死于阴谋还是因为患病?

报信人甲

老年人命如残灯，微风一吹即熄灭。

奥狄浦斯

那么看来，这可怜的人死于疾病。

报信人甲

也因为太老了，天年享尽。

奥狄浦斯

啊呀，夫人，我们为什么要重视
皮提亚神坛发布的预言，
或头上飞鸟的叫鸣？
它们都曾指出我注定要杀死自己的父亲。
但如今他死了，命归黄泉，
我人在这里，没有拔过刀剑。
除非他是因为想念我而死，在这个意义上算我杀了他。
事实上，这预言已经随着波吕玻斯
一起长眠地下，一文不值了。

伊奥卡斯特

这些话我不是早对你说过吗？

奥狄浦斯

你是说过，但是我吓糊涂了。

伊奥卡斯特

现在别再把那些事放在心上了。

奥狄浦斯

可是,我还得害怕母亲的婚床呀。

伊奥卡斯特

凡人都受偶然性主宰,不能够清楚地预见未来。
任何事情,那么,我们还应该害怕什么呢,
活着最好是尽可能随遇而安。
你也别害怕娶母的婚姻,
许多人梦中有过这种事情,
但是他们毫不在意,
日子过得十分轻松。

奥狄浦斯

要不是我母亲还活着,你的所有这些话
有一定道理。但如今,既然她还健在,
即使你说得对,我也必须提高警惕。

伊奥卡斯特

可是,你父亲的死总是一件大的喜事。

奥狄浦斯

我知道该高兴,但是,我还害怕那活着的女性。

报信人甲

你害怕的那个女性是谁?

奥狄浦斯

老人家,她是波吕玻斯的妻子墨罗佩。

报信人甲

她有什么使你害怕的?

奥狄浦斯

客人呀,一则神降下的可怕预言。

报信人甲

可以说得的,还是不能让人知道的?

奥狄浦斯

没什么说不得的。洛克西阿斯曾经预言,
我命中注定要娶自己的母亲,
并且亲手杀死自己的父亲,
这就是我为什么远离科林斯的家,
多年不归的原因。我在外虽然兴旺发达,
但是,见到父母的面总还是最大的快乐呀。

报信人甲

你真是因为害怕那事,逃离家乡的?

奥狄浦斯

还因为不希望成为杀父的凶手,老人家。

报信人甲

我好心前来报信,国王啊,
为什么还没能让你摆脱这恐惧?

奥狄浦斯

你照样能从我这儿得到一份应有的回报。

报信人甲

我此来主要的确是为了这个,也就是说,
等你回家了我可以得到某种好处。

奥狄浦斯

不,我永远不会再走近我的父母。

报信人甲

年轻人啊,显而易见,你不知道你在干什么。

奥狄浦斯

为什么,老人家?看在众神面上,请告诉我。

报信人甲

如果你是为了这个不敢回家。

奥狄浦斯

我是害怕福波斯的预言在我身上应验。

报信人甲

你是害怕对父母犯罪蒙上耻辱?

奥狄浦斯

是的,老人家,我一直害怕的正是它。

报信人甲

你知道吗,你完全没有必要害怕。

奥狄浦斯

怎么会呢,既然我是他们生的孩子?

报信人甲

因为波吕玻斯和你没有任何血缘关系。

奥狄浦斯

你说什么？难道波吕玻斯不是我的生身父亲？

报信人甲

他不是你的父亲，正像我不是你的父亲一样。

奥狄浦斯

父亲怎能和一个不相干的人相提并论？

报信人甲

你不是他生的，也不是我生的。

奥狄浦斯

那么他为什么把我称作儿子？

报信人甲

告诉你吧，是因为他把你当作一件礼物从我手里接过去的。

奥狄浦斯

但是，他为什么十分疼爱别人给的孩子？

报信人甲

他疼你是因为他以前没有孩子。

奥狄浦斯

你是把我买来还是偶然捡来送给他的？

报信人甲

是我在基泰戎的多树的山谷里发现你的。

奥狄浦斯

你为了什么在那个地方游荡?

报信人甲

在那里照看山里的羊群。

奥狄浦斯

那么你是个牧人,一个四处流浪的雇工?

报信人甲

年轻人,那时我是你的救命恩人。

奥狄浦斯

你把我抱在怀里的时候,我有什么痛苦?

报信人甲

你的脚踝可以回答这个问题。

奥狄浦斯

哎呀! 你为什么对我重提那个早年的伤痛?

报信人甲

那时你的两个脚踝钉在一起,是我把它们放开的。

奥狄浦斯

那是我摇篮时期留下的可怕标记。

报信人甲

正是由于这个偶然因素你才被叫作现在这个名字的。

奥狄浦斯

看在众神的面上,请你告诉我,
这是我父亲干的还是我母亲干的?

报信人甲

我不知道。那个把你送给我的人对此懂得比我清楚。

奥狄浦斯

怎么?是从别人那儿抱来的,不是你自己碰巧捡到我的?

报信人甲

不,是另外一个牧人把你送给我的。

奥狄浦斯

这人是谁?你能说得出来吗?

报信人甲

听说他是拉伊奥斯的一个仆人。

奥狄浦斯

这地方前国王的仆人?

报信人甲

是的,他是国王的牧人。

奥狄浦斯

他还活着吗?我可以见到他吗?

报信人甲

（向歌队）

你们当地人最了解这情况。

奥狄浦斯

你们这些站在我面前的人，
有谁知道他所说的那个牧人，
在乡下或城里看见过?
快说呀！真相大白的时刻到了。

歌队长

我认为他所说的不是别人，
正是你刚才要找的那个乡下人，
这事呢,伊奥卡斯特最能告诉你。

奥狄浦斯

夫人,你还记得我们刚才要找的
那个人吗?他说的是这个人吗?

伊奥卡斯特

为什么要问他说的是谁?别理这话。
忘了它,他说的这些都是废话。

奥狄浦斯

既已掌握了这样的线索,再不查清楚
我的身世,就太不应该了。

伊奥卡斯特

看在众神的分上,如果你还关心一点自己的生命，就别再追问这事啦！我已经够痛苦的了。

奥狄浦斯

你尽管放心；即使我被发现母亲三代为奴，
自己有三重奴隶身份，你也不会变得出身低贱①。

伊奥卡斯特

可是，相信我，我求你了，别这样。

奥狄浦斯

我不会听信你，不把这事查清楚的。

伊奥卡斯特

我是要你好，给你最好的劝告。

奥狄浦斯

这最好的劝告早使我受不了了！

伊奥卡斯特

不幸的人啊，愿你永远不知道自己的身世。

奥狄浦斯

谁去把那个牧人给我带到这里来？
让这个女人去欣赏她的富贵出身吧！

伊奥卡斯特

哎呀，哎呀，不幸的人啊，那是我

① 伊奥卡斯特已经一步步知道事情不妙，不断地在设法不让奥狄浦斯知道底细，并安慰开导他。奥狄浦斯却以为伊奥卡斯特是害怕发现他出身低贱。

对你说的最后的话，以后不再有了。

（伊奥卡斯特下）

歌队长

奥狄浦斯啊，王后为什么走得这么伤心？
她走时一句话没说，我担心，
这是暴风雨到来前的寂静。

奥狄浦斯

要发生的事情就让它发生吧！
我要弄清楚我的家世，即使出身卑微。
她或许是因为我的出身低贱
感觉羞耻，女人总是自尊心重的。
但是我自信是幸运女神的孩子，
她是慈祥的，不会让我受到羞辱。
幸运是我的母亲，月份是我的亲属，
决定了我的高贵低贱。
我既生成这样，不能再有改变，
因此不怕查清自己的身世，家系。

（八）
第三合唱歌

歌　队

（首节）

如果我是先知，有先见的智慧，
基泰戎山啊，我敢当着奥林波斯的神预言，
待到明晚月圆时，
你会听到
奥狄浦斯尊你为他的故乡，
他的保姆，他的母亲，
你会看到
我们载歌载舞赞美你，
为了你对我们国王的恩惠。
啊，福波斯呀，愿这些话你能听了欢喜！

（次节）

我的孩子啊，是谁生了你？

是哪一位永生的神女与潘相爱生了你①?
他是一位爱在山上游逛的父亲。
或者是一位草场神女和洛克西阿斯生了你?
因为所有的高原牧场他都欢喜②。
或许是库勒涅的王③,
或许是狂女们那位住在高山上的神④
从赫利孔山⑤的一位神女手中
接过你,一个新生的婴儿,作为礼物。
他最爱和她们一起游戏。

(九)

第四场

(奥狄浦斯的仆人引老牧人上)

奥狄浦斯

长老们啊,如果要我猜一猜的话,

---

① “神女”在希腊神话中是一个人数众多的群体,是没有权力没有职司的年轻快乐的少女,是山林、水泽、牧场、草地中的精灵,是大神们的情人、游伴、抚育者等等,性格天真善良。潘是一个长着山羊胡须、山羊腿脚的人形的男神,好色,爱游逛于山林牧场中,与神女们嬉戏。

② 阿波罗(洛克西阿斯)曾被宙斯罚去为阿德墨托斯放牧,因而有机会和神女交游相爱。

③ 赫尔墨斯生于库勒涅。“王”常与宙斯家族的十二大神的名字相连。

④ 指酒神。

⑤ 赫利孔山是文艺女神悠游歌舞的地方。

我想,我看见的这个人就是我们找了多时的
那个牧人,虽然我没见过他。
他的年纪和这客人一般老了。
此外,我还认出了给他带路的是我的仆人。
(向歌队长)
你也许比我有把握,能认出这牧人。
如果你从前见过他,认识。

歌队长

是的,我认识他,你可以相信。
他是拉伊奥斯家的,作为一个牧人,
他跟别的牧人一样忠于自己的主人。

奥狄浦斯

我先问你,啊,科林斯来的客人,
你说的是不是这个人?

报信人甲

正是他,你看见的这个人。

奥狄浦斯

喂,老头,看这边,回答我问你的问题。
你曾经是拉伊奥斯家的仆人吗?

牧　人

我不是买来的,是家生家养的奴隶。

奥狄浦斯

你干的什么活儿,或者说,过的什么生活?

牧　人

我生命的大部分是在放羊。

奥狄浦斯

你最常去的是什么地方?

牧　人

有时在基泰戎山上,有时也去它的附近。

奥狄浦斯

还记得你在那地方见过这个人吗?

牧　人

做什么?你说的是哪个人?

奥狄浦斯

眼前这个人。你碰见过他吗?

牧　人

一下子想不起来,不能说碰见过。

报信人甲

国王啊,这一点也不奇怪。但是我能
让他清楚地回忆起那些忘了的事情。
我确信他能回想起,在基泰戎山上,
他赶着两群羊,我赶着一群羊,
从春天到大角星升起的秋天,

我们三次作伴在一起放羊三个夏半年①。
到了冬天,我赶我的羊回家,
他赶他的羊进拉伊奥斯的畜栏。
（向牧人）
我说的这些都是事实吧?

牧　人

你说的是事实,虽是老早以前的事情。

报信人甲

喂,告诉我,你还记得吗,那些日子里
你给过我一个婴儿,要我当自己的儿子抚养?

牧　人

怎么回事?干吗问这个?

报信人甲

朋友啊,这就是他,那时候是个婴儿。

牧　人

该死的东西,还不住嘴!

奥狄浦斯

老头啊,别骂人!你说这话比他更该挨骂。

牧　人

最高贵的主人啊,我有什么冒犯了?

---

① 大角星是北极上空牧夫座最亮的一颗星。它在春分前几天出现,叫作晚星,又在秋分前几天出现,叫作晨星。大角星两次出现之间的六个月时间,天气比较暖和,称作夏(季的)半年,克泰戎山上牧草生长,适于放牧。

奥狄浦斯

因为他问那婴儿的事你不回答。

牧　人

他什么都不知道,却要说话,多嘴多舌。

奥狄浦斯

你不痛痛快快回答,要等挨了打才说!

牧　人

看在众神分上,别拷打一个上了年纪的人。

奥狄浦斯

来人！快把他反绑起来!

牧　人

哎呀！为什么？你还要打听什么呀?

奥狄浦斯

你有没有把他问的那孩子给了他?

牧　人

给了他,我真愿那一天就死了。

奥狄浦斯

你会死的,要是不说实话。

牧　人

说了实话我就更要死了。

奥狄浦斯

我看这家伙是想拖延时间。

牧　人

不,我已经承认,我给过他一个孩子。

奥狄浦斯

哪来的? 你自家的,还是别人家的?

牧　人

不是我自己的,是别人给的。

奥狄浦斯

这城里哪一家哪个人给的?

牧　人

看在众神分上,主人呀,别再追问啦!

奥狄浦斯

如果我一定要问,你就要死了。

牧　人

事实上他是拉伊奥斯家的一个孩子。

奥狄浦斯

是个奴隶娃还是他的亲属?

牧　人

哎呀! 我的话说到可怕之处了。

奥狄浦斯

我也听到可怕之处了,但是还必须听下去。

牧　人

人家传说是他自己的儿子,不过只有里面的她,
你的夫人才能最清楚地告诉你是怎么回事。

奥狄浦斯

怎么？是她交给你的?

牧　人

正是,主人。

奥狄浦斯

交给你干什么?

牧　人

要我弄死他。

奥狄浦斯

呀！做母亲的这么狠心?

牧　人

她害怕那不祥的预言。

奥狄浦斯

什么预言?

牧　人

说他会杀死自己的父亲。

奥狄浦斯

你怎么又把他给了这老人?

牧　人

主人呀,我可怜他。我以为这人
会把他带去自己所来的地方。
但是他救了他,闯了天大的祸。
如果你就是他所说的那个孩子,
我想说,你生到这世上就是为了受苦。

奥狄浦斯

哎呀,哎呀!一切都应验了。
天光啊,现在让我看你最后一眼!
我被发现,生于不该生的父母,
娶了不该娶的人,杀了不该杀的人。
（奥狄浦斯、报信人、牧人俱下）

（十）
第四合唱歌

歌　队

（第一曲首节）

啊呀！凡人的子孙呀！
你们的生命,我看什么也算不上。
有谁,有谁的幸福
不只是一个影子,
眼前一晃
消失了?
啊,不幸的奥狄浦斯呀！
你的命运,你的命运告诫我,
不要称任何凡人
“幸福的”。

（第一曲次节）
宙斯啊,
他比谁都射得准,
赢得了最高的幸福奖励;
他杀死了那个唱谜语的
长钩爪的女妖,
站出来做了我们地方抵御死亡的堡垒。
打那以后,奥狄浦斯啊,
你被呼为我们的王,
受到最高的崇敬,
统治着这强大的忒拜城。

（第二曲首节）
但如今,有谁的遭遇听起来比你更可怜?
有谁遭到可怕的灾祸患难,
生活急转直下,像你这么不幸?
　　哎呀！大名鼎鼎的奥狄浦斯啊,
同一宽敞的房间不是足够你用的吗?
你可以在里边做了儿子再做丈夫,

放了摇篮再放婚床呀。
不幸的人呀,
你父亲的婚床能一声不响
让你用了这么久长?

（第二曲次节）
能发现一切的时间发现了你,
尽管你不愿意,
审判了这荒诞的婚姻:
长时间里丈夫和儿子是一个人。
　　哎呀！拉伊奥斯的儿子啊,
但愿我,但愿我
从未见过你。
我为你痛哭,像为死人哭丧。
说老实话,你曾经使我重新呼吸,
而如今,你让黑暗重新罩上了我的眼睛。

（十一）
退　场

（报信人乙上）

报信人乙

啊,你们,我国永远最受尊敬的长老们,

你们将听见怎样的事情，看见怎样的情景，
将感受到多么沉重的忧伤呀，如果你们依然
天生地忠于拉布达科斯的家族。
因为我认为，无论伊斯特尔河还是法息斯河①
都洗不净这个家屋，它包藏罪恶，
又一下子把它暴露于光天化日之下，
自愿地，不是被迫地。被看出是
自找的痛苦总最使人伤心。

歌队长

我们原先知道的那些事情不可谓不伤心，
难道你还嫌不够，还有什么事要宣布的？

报信人乙

话我可以一句就说完，事情你也可以
一下子就知道：我们敬爱的伊奥卡斯特死了。

歌队长

啊，这不幸的女人呀，她是怎么死的？

报信人乙

自杀的。事情的悲惨之处你们体会不到，
因为你们没有亲眼看见事情的发生。
还是让我来告诉你们大家
那不幸女人的惨状吧，尽我记性之所能。
　　她发疯似的冲过门廊，
直奔自己的婚床，两手抓住头发。
她一进卧房，便砰的把门关上，

---

① 伊斯特尔河是多瑙河的古名。法息斯河从小亚细亚流入黑海。

呼唤早已死去的拉伊奥斯的名字,
回忆她早年所生的那个儿子,
说拉伊奥斯是被他杀的,留下寡妻
和儿子生了一些不幸的孩子。
她悲叹自己的床榻,悲叹自己
不幸在床上生下了两代人——
和丈夫生了丈夫,和孩子生了孩子。
她后来怎样死的,我再不知道,
因为奥狄浦斯冲了进来大喊大叫,
我们只好转眼看他乱奔乱跑,
无法看完她的悲剧。
他跑过来跑过去,要我们给他一把刀,
还问,哪里可以找得到他的妻子,
又说那不是妻子,是母亲——两代人的,
生了他自己又生了他的儿女。
狂乱中他准是得到神的指点,
因为我们虽然在他身边,并没有谁给他指点。
随着一声可怕的大叫,好像得到谁的示意,
他向那双扇的门冲去,掰弯了门杠,
使它脱出了承孔,于是他冲进了卧房。
　　接着我们看见伊奥卡斯特吊死在里边,
脖子套在绳圈里,绳子还在摆动着。
奥狄浦斯一见,发出恐怖而悲惨的叫声,
他松开绳套,把这不幸的女人放在地上,
接着我们便看见了那怕人的一幕:
他从她的袍子上摘下两只
她佩在身上的金别针①,
举手朝自己的眼球刺去,

① 古希腊人衣服在肩部、胸部等处用别针固定。

同时喊着:“让你们再也看不见
我遭的苦难和我造的罪孽!
让你们从此黑暗无光吧! 既然
那些永远不该看的人你们看了那么久,
却不认识那些我渴望认识的人。”
　　他一遍遍重复这可怕的叫喊,
一次次举手猛击自己的眼睛,每一击
眼珠里流出的血便沾湿了他的胡须,
因为,这血不是一滴一滴慢慢地淌,而是
一下子洒下许多,深红的,密如冰雹。
灾祸两人引起,受害也不只是一人,
这苦果丈夫和妻子共同承受。
这家族古老的幸福从前真是幸福的,
但从这一天起,悲伤、毁灭、死亡、耻辱,
一切凡有名称的灾难,
在这里无一不能找到。

歌队长

现在那不幸的人,痛苦是不是有了点缓和?

报信人乙

他大声叫人把宫门打开,让全体忒拜人
好看见他,这杀害自己父亲的凶手,
自己母亲的——那羞耻的话我说不出口,
他声明流放自己出国,不留下来
给自己家庭带来他亲口诅咒的灾难。
但是他没有力气,缺少一个人带路;
你将看到他的痛苦超出了常人的忍受能力。
现在宫门打开了,你马上可以看到
即使痛恨的人也会怜悯的那种情景了。

（仆人扶奥狄浦斯上）

歌队长

啊，令人看了害怕的痛苦呀！
啊，我所见过的最大的痛苦呀！
呀，不幸的人呀，什么疯狂追上了你？
什么凶神恶煞猛的一跳，
冲出了地狱的最底层，
落到了你不幸的命运上？
哎呀，哎呀，不幸的人呀！
虽然我有许多事情想问你，想向你打听，
有许多事情想观察你，
但是我不敢看你一眼，
你使我看了浑身战栗。

奥狄浦斯

哎呀，哎呀，我真不幸！
为什么我的悲叹声突然在空中消失？
你这凶神恶煞，把我这不幸的人
带到了什么目的地？

歌队长

带进了可怕的苦难，见所未见、闻所未闻的。

奥狄浦斯

（第一曲首节）
啊，黑暗！啊，黑暗！
我可怕的乌云啊，你把我裹了进去深沉无边，
我再也不能摆脱你的祸害了。
哎呀！哎呀！

针刺的疼痛多么折磨我的肉体，
难堪的回忆多么刺痛我的心灵！

歌　队

遭到这么大的灾祸，你感受到
双重的痛苦，你悲叹它，这很自然。

奥狄浦斯

（第一曲次节）
啊，朋友！
作为助手，你对我依然忠诚，
我眼睛瞎了，你依旧决定照看我。
哎呀！哎呀！
我知道你在我眼前，虽然看不见，
我还能清楚地听你的声音。

歌　队

你这做了可怕事情的人啊，怎么这样忍心
弄瞎了自己的眼睛？是哪一位神怂恿你的？

奥狄浦斯

（第二曲首节）
是阿波罗，朋友们，是阿波罗完成了
我的这些灾难，我的这些痛苦的，痛苦的灾难。
但是刺瞎眼睛的手不是别人的，是我自己的。我真不幸啊！
既然没有什么东西看了是愉快的，
视觉于我又有何用呢？

歌　队

事实正像你所说的。

奥狄浦斯

朋友们，还有什么是我可看的，
还有什么是我可爱的，
或者还有什么问候能使我听了高兴的？
朋友们，快！快把我
这完全完了的，最该诅咒的，
凡人中最被神所憎恨的人带走，
送到尽可能远的地方去！

歌　队

你有多么敏感就有多么不幸，
但愿我从来没这么了解你。

奥狄浦斯

（第二曲次节）

那个在牧场上解开我脚上残酷镣铐的人，
那个从凶杀里救了我命的人——
不论他是谁，真该死，因为
他做的不是一件值得感激的事情。
因为，如果那时我死了，
我和我的亲人们也就不会有这样的痛苦了。

歌　队

我也宁愿事情能这样。

奥狄浦斯

这样我就不至于成为杀父的凶手，
也不至于被人们称作
亲生母亲的丈夫了。

但如今，我是一个神所厌恶的人，一个玷污了
母亲的儿子，一个亲生父亲的共同播种人。
你可以相信，这世上不会有什么苦难
超过我奥狄浦斯承受的。

歌　队

我不知道怎能说你的主意对；
因为，眼睛瞎了，活着比死还要苦呀。
（哀歌完）

奥狄浦斯

别再跟我讨论，别再向我提看法，
说什么，这事情这样做了不是最好。
我既对双亲犯下了这样死有余辜的罪孽，
如果进入冥国时眼睛看得见，
我该用什么样的眼光去看
我的父亲和我那可怜的母亲？
再请问，这样生出的儿女，
我又怎么能看了高兴？
不，永远不会高兴的。
还有这城堡，这望楼，这神灵的
神圣的偶像，我看了也不会高兴的，
既然我是一个最不幸的人，
虽是一个地道的忒拜人，一个最高贵的人，
已经剥夺了自己的一切权利，
亲口命令所有的人都弃绝这个渎神者，
哪怕他是拉伊奥斯的儿子，
那个被众神宣布不洁的人。
我既揭露了自己这样的污点，
还哪敢抬起眼睛正视忒拜的这些东西？

不,绝对不敢。但是我还有耳朵的听觉,
如果我有办法能把这条通道也堵死,
我一定把这可怜的身体各处都封闭起来,
让我什么也看不见什么也听不见,这样也就
没有什么东西能使我想起我的不幸了。
　　啊,基泰戎呀,你为何收容了我?
为何不把我捉住立即杀了?那样我就
永远不会让人们知道我的身世了。
啊,波吕玻斯呀!啊,科林斯呀!
还有你这被称作“父亲的”古老的家啊!
你们把我养得外表漂亮内里有病,
如今我被发现是一个由罪恶组成的恶人。
　　啊,你们,三条道路和一个幽谷,
啊,你们,矮树丛和三岔路口的窄道,
你们从我手里吸饮了我父亲的血,
也就是我的血,还记得吗:
我在你们面前做了些什么?走了以后,
到这里又干了些什么?啊,婚礼呀婚礼,
你生了儿子,养大了,又给儿子生孩子。
儿子成了父亲的弟弟,母亲做了新娘和妻子,
乱伦的婚姻造成了人间最大的耻辱。
算了!不应当做的事情也不应当拿来说,
看在众神分上,还是尽快把我藏到国外去,
或者把我杀了,或者把我丢进大海,
在那里我将从你们的视界永远消失。
来!屈尊碰碰我这不幸的人吧!
请相信,别害怕,我的灾难
只可能我一个人承担。

　　(克瑞昂上)

歌队长

瞧,克瑞昂来了,正好满足你的要求,
不论你要他做什么,还是要他提出忠告,
既然如今只剩下他接替你保护这国家了。

奥狄浦斯

哎呀,我对他说什么好呢?
他有什么理由相信我呢?
因为我发现先前完全委屈他了。

克瑞昂

奥狄浦斯,我来不是为了嘲笑你,
也不是为了责备你以往的过错。
　　(向侍从)
但是你们,即使不再尊重凡人的种类,
至少也得尊重大神赫利奥斯
养育万物的阳光呀。为此,不要把这种
为大地,神圣的雨水和阳光所厌恶的
污秽赤裸裸地暴露在外边。
还是快,快把他带到屋里去。
因为,只有亲属才配看
才配听亲属的苦难。

奥狄浦斯

既然你解除了我的疑虑[1],高贵大度地来到我
这个最低贱者的身边,看在众神分上,
请答应我一个请求,为了你,不是为了我。

---

[1] 奥狄浦斯本以为克瑞昂是来责问他,报复他的。

克瑞昂

你对我有什么请求?

奥狄浦斯

请把我尽快逐出境外,抛弃到一个
再没人看得见我、问候我的地方去。

克瑞昂

我不反对这样做,但是我应该
先问问神对你有什么决定。

奥狄浦斯

神示早已完全宣布明白,
把杀父凶手,我这不洁的人处死。

克瑞昂

神是这么说的,但在目前情况下
应该怎么办,最好还是先问问清楚[1]。

奥狄浦斯

那么,你还愿意为我这个罪人去问吗?

克瑞昂

是的,现在愿你相信神的话。

奥狄浦斯

我还要托你一件事,求你

---

① 神示并未说定是流放还是处死,所以克瑞昂还要问问清楚。

把屋里的人葬了,你愿意怎么葬就怎么葬,
你会恰当地为亲人尽礼的。
至于我自己,请永远别让这座我的父城
被认为有义务让我活着住在里边;
还是让我住到山里去吧,那里有个因我
而闻名的基泰戎山,我的母亲和父亲
在世的时候曾指定它做我的坟墓。
我可以在那里死去,按照要杀我者的意愿。
但是我知道,疾病之类不能致我死命,
若不是注定还有可怕的灾难,
我当初不会被人救出免于死亡。
　　我自己的事就一切听天由命吧。
且说我的孩子们,克瑞昂啊,两个儿子
不必费你心了,他们是男子汉,
随便到哪里,都不会缺少生计,
但是我那两个可怜的不幸女儿——
她们从未见过我不和她们一处吃饭,
凡是我吃的她们都有份——
要请你多多关照她们。
还尤其要请你容许我
用手摸着她们悲叹自己的不幸。
答应我吧,国王!
答应我吧,心灵高贵的人!
只要我能用手碰着她们,我就会觉得
她们是我的,就像我从前看得见她们时一样。
　　(克瑞昂的侍从引领二女上)
　　啊,这是什么?
看在众神分上,我听见的是不是我亲爱的
女儿们的哭声?是不是克瑞昂怜悯我,
把我的两个宝贝叫来了?是不是?

克瑞昂

你说的对,这是我的安排,我知道
她们从前是你心爱的,现在还是你心爱的。

奥狄浦斯

祝你有福!为了报答你的安排
愿神灵保佑你胜于保佑我。
（向女儿们）
啊,孩子们,你们在哪里?过来,
到我——你们兄长的手里来!
这双手,正是它们使你们父亲
先前明亮的眼睛变瞎了,
这双手是他的,孩子们啊,这个人
在什么也没看见什么也不知道的情况下
通过自己的生身母亲成了你们的父亲。
我也为你们痛哭,因为,我看不见你们了,
一想起你们日后辛酸的生活——
人们会使你们过的——我就难受。
你们能参加什么市民集会什么节日庆典
不哭着回家,而不能分享快乐?
等你们到了结婚年龄,我的女儿呀,
有哪个男人肯冒险使自己遭受那种
对你的孩子和我的孩子同样可怕的辱骂?
什么不幸少得了?“你们的父亲杀了
他的父亲,把种子撒在生身母亲那里,
从自己出生的地方生了你们。”
你们会挨这样的骂。谁还会娶你们呢?
啊,孩子们,没有人会的。你们显然
只有不结婚,不生育,枯萎而死了。

（向克瑞昂）

啊，墨诺克奥斯之子，现在只剩下你
做她们的父亲了，因为她们的生身父母，
我们两人都毁了。请别坐视她们——
你的亲戚在外流浪，衣食无着，没有丈夫，
别让她们像我一样受苦。
看见她们这么年纪轻轻，孤苦伶仃
你得怜悯她们。她们只有靠你保护啦。
啊，高贵的人，伸出你的手表示应允吧！

（向女儿们）

孩子们，如果你们已长大懂事，
我本有很多话要吩咐，但如今只吩咐你们：
祈求能找到一个长住下来的地方，
祈求命运安排你们的生活能比我的快乐。

克瑞昂

你已经哭够了，进屋去吧。

奥狄浦斯

我必须听从，虽然心里十分难过。

克瑞昂

万事都应合乎时宜。

奥狄浦斯

你知道吗，什么条件下我才会进去？

克瑞昂

你说吧，听了我就知道。

奥狄浦斯

把我送出境外居住。

克瑞昂

你要求于我的东西，只有神才能给你。

奥狄浦斯

我已成了神最憎恨的人[①]。

克瑞昂

他们很快就会应允你的祈求。

奥狄浦斯

那么你应允我的请求了?

克瑞昂

不想做的事，我不爱说空话。

奥狄浦斯

现在该带我离开这里了。

克瑞昂

那么走吧，但是放开孩子们!

奥狄浦斯

别把她们从我身边抢走!

---

① 也就是说神一定会答应的。

克瑞昂

别想拥有一切，
你所拥有的东西不能跟你终生。

（众侍从引奥狄浦斯进宫，克瑞昂、二女孩和报信人乙随下）

歌队长

我们的祖城忒拜的居民啊，请看，这就是奥狄浦斯，
他猜出了那著名的谜语，成为最伟大的人物，
哪个公民不曾用羡慕的眼光注视过他的好运？
瞧，他现在掉进了可怕灾难的汹涌海浪里了。
因此，一个凡人在尚未跨过生命的界限最后摆脱痛苦之前，
我们还是等着看他这一天，
别忙着说他是幸福的。

（歌队退场）

安 提 戈 涅

索福克勒斯 著
张竹明 译

场次

1 **开　场**

第 1—99 行

2 **进场歌**

第 100—161 行

3 **第一场**

第 162—331 行

4 **第一合唱歌**

第 332—371 行

5 **第二场**

第 372—581 行

6 **第二合唱歌**

第 582—623 行

7 **第三场**

第 624—780 行

8 **第三合唱歌**

第781—800行

9 **第四场**

第801—943行

10 **第四合唱歌**

第944—987行

11 **第五场**

第988—1114行

12 **第五合唱歌**

第1115—1151行

13 **退　场**

第1156—1352行

人物

安提戈涅

伊斯墨涅

奥狄浦斯的女儿

克瑞昂

忒拜王

海蒙

克瑞昂的儿子，安提戈涅的未婚夫

欧律狄刻

克瑞昂的妻子

特瑞西阿斯

盲人先知

歌队

忒拜长老组成

看守人

报信人

无台词人物：

克瑞昂的侍从仆役数人

欧律狄刻的侍女数人

盲先知的引路童子一人

地 点

忒拜王宫前

时 间

英雄传说时代

（一）
开　场

（安提戈涅、伊斯墨涅①上）

安提戈涅

啊，亲爱的伊斯墨涅，我同根生的亲妹妹，
你看见了吗，来自奥狄浦斯的灾难，哪一件
宙斯没有在我们俩还活着的时候就使它们降临？
你我两人的灾难——痛苦、祸害、
羞耻、侮辱——我算是
一种不缺地尝遍了。
现在传说，将军②刚才向全城人民
颁布了一道命令。那是什么命令？
你听说了没有？你知道不知道
我们的亲人被当作敌人受到侮辱？

---

① 奥狄浦斯死后安提戈涅和伊斯墨涅两姊妹回到忒拜。波吕涅克斯带阿尔戈斯军队攻打忒拜，争夺王位，和其弟埃特奥克勒斯在单独决斗中相杀而死。新王克瑞昂认为波吕涅克斯是祖国的叛徒，下令禁止埋葬他。安提戈涅根据传统的习惯法（神律），不顾自己的生命危险，决定埋葬波吕涅克斯，以尽亲人的义务。

② 两兄弟互相残杀之后，克瑞昂率领忒拜军队击溃了入侵的阿尔戈斯人，故称他为“将军”。

伊斯墨涅

安提戈涅啊，自从我们的两个哥哥
在同一天里彼此死于对方之手，
撇下了我们姐妹两个之后，
我还没听到过任何关于他们的消息，
不论是好的还是坏的。
自从昨夜阿尔戈斯军队逃走之后
我便再没有听到什么新的消息，
不论是令人鼓舞的还是令人沮丧的。

安提戈涅

我知道得很清楚，所以把你叫到
宫门外边来说给你一个人知道。

伊斯墨涅

什么消息？我看得出，正有什么在苦恼着你。

安提戈涅

对我们的两个哥哥，克瑞昂不是决定
给一个举行葬礼致敬，另一个不许埋葬吗？
据说他已遵照法律和习惯的规定
以应有的礼仪埋葬了埃特奥克勒斯，
让他受到下界鬼魂的敬重。
但是不幸的死者波吕涅克斯，
据传说，克瑞昂已向忒拜市民宣布，
不准任何人埋葬和哀悼他，
让他死后没有坟墓没人哭丧，
成为发现他的猛禽的美食，让它们
群集在尸体上任意撕啄。

　　听说这就是高贵的克瑞昂针对你，
和我，尤其是我，宣布的命令[1]，
他还要来这里向还没听到的人
宣布明白。事情不可小看，
要是有谁违犯，就要受罚——
在全体人民面前被用石块砸死[2]。
这个消息你既已知道了，马上就要显出
你是一个出身高贵的人还是一个卑劣的下等人了。

伊斯墨涅

可怜的姐姐啊，如果情况属实，
你还有什么我能帮助解开或系紧的结呢？

安提戈涅

你考虑一下，是不是愿意和我一起吃苦合作。

伊斯墨涅

什么大胆的计划？你想要怎样？

安提戈涅

但愿你能帮助我这双手抬起死人。

伊斯墨涅

难道你想埋葬他，不顾城邦的禁令？

安提戈涅

他是我的哥哥，也是你的哥哥，虽然你不想承认，

---

① 命令本来是向全体市民宣布的，但由于她们俩是死者的亲人，最应尽丧葬义务，所以好像是专门对她们宣布的。“尤其是我”，表明安提戈涅已暗下决心。

② 被用石头砸死是一种对付引起公愤的罪人的惩罚。

我可永远不愿意被人看到对不起他。

伊斯墨涅

克瑞昂颁布禁令之后，你还敢这样做？

安提戈涅

他无法把我和我的亲人分开。

伊斯墨涅

哎呀，姐姐啊，请你想一想，
我们的父亲如何在憎恨和羞耻中死去的吧！
他在亲自查出自己的罪恶之后，
亲手刺瞎了自己的眼睛；
接着是他的母亲和妻子——
两个名称一个人——悬梁自尽。
最后是我们的两个哥哥在同一天里
自相残杀，两个不幸的人
用对方的手造成了共同的厄运。
现在只剩下我们两个了。你想想看，
我们如果触犯了法律，违抗了国王的命令
或者说权力，就会死得比他们更惨。
我们必须记住，首先，我们生为女人，
不是和男人搏斗的；其次
我们是在掌权者的统治下，
必须服从这命令，甚至更难受的命令。
因此我求地下的鬼神原谅，
由于我这件事情上受到强制压迫，
我将服从当权者，因为
做力所不及的事是完全不明智的。

安提戈涅

我不再劝说你了，即使你以后
愿意，我也不欢迎你帮忙了。
你愿意怎么做人，随你的便，我可是要埋葬他的。
为做这事而死，我以为死得其所。
为尽神圣的义务而犯罪，作为亲人，
我愿安息在他身边，在亲人的身边。
既然我应该博得下界鬼神
更长久的欢心，超过活人的——
因为我将永久地安息在那里。至于你，
如果你愿意，你就蔑视众神的法律吧。

伊斯墨涅

我不蔑视神律，但是
反抗城邦我没有力量。

安提戈涅

你尽管这样推托吧，我可要去
为我最亲爱的哥哥堆一个坟墓。

伊斯墨涅

哎呀，不幸的人啊，我多么为你担忧！

安提戈涅

别为我担忧啦，留心你自己的命运吧。

伊斯墨涅

那么，至少别把你的心思告诉任何人，
你要严守秘密，我也会守口如瓶。

安提戈涅

哎呀,说出去吧!如果你不把这事
向大众公布,我会更加恨你。

伊斯墨涅

你是以一颗火热的心在做令人心寒的事情。

安提戈涅

可是我知道,我是在取悦于那些
我最应该取悦的人。

伊斯墨涅

要是你能做到就好啦,
但你是肯定要失败的。

安提戈涅

只要我还有一点力量,我就不会罢休。

伊斯墨涅

没有希望的事就不应当有开始。

安提戈涅

你这样说,不但遭到我的恨,
也有理由遭到死者的恨。
就让我和我的愚蠢去承担
这可怕的后果吧。最坏的命运
我相信也不过是光荣的一死。

伊斯墨涅

如果实在要去,你就去吧!有一点你可以相信放心:

虽然去得鲁莽，但在亲人的眼里你是真正可爱的。

（安提戈涅、伊斯墨涅下，歌队进场）

（二）

进场歌

歌　队

（第一曲首节）

啊，一向照耀
有七座城门的忒拜的
最灿烂的阳光啊，
你终于又亮起来了。
啊，升起在狄耳刻流泉①上空的
金色白天的眼睛啊，
你促使阿尔戈斯来的
全副甲胄的白盾战士
更快地往回逃跑。

（本节完）

---

① 狄耳刻的流泉在忒拜城西，因国王吕科斯之妻狄耳刻得名。狄耳刻曾虐待吕科斯的侄女安提奥帕，后来安提奥帕的两个儿子替母报仇，把狄耳刻系在牛角上拖得半死，抛在泉水里。

歌队长

为了波吕涅克斯的怒气，
他们进攻我们的国土，
像尖叫的秃鹰
飞到我国的上空，
身披雪白的羽毛，
带着大队的人马，
头盔饰有马鬃。

歌　队

（第一曲次节）
他们在我们聚居的上空收起翅膀，
举起渴求鲜血的长矛，
在我们的七座城门前张开嘴巴。
但他们还没来得及尝到
我们的血，赫菲斯托斯的[1]
树脂火把还未能烧到
我们的城楼塔顶，就退走了。
他们背后扬起的喊杀声
如此响亮，让他们知道，
和龙牙的后人[2]搏斗，
取胜是多不容易。
（本节完）

歌队长

宙斯十分憎恶骄傲者的夸口，

---

① 赫菲斯托斯为火神。

② 卡德摩斯在建立忒拜城时曾杀死一条龙，把龙齿种在地里，地里长出全副武装的战士。他们互相拼杀，最后剩下五人。这些人帮助卡德摩斯建城，成为忒拜人的祖先。

看见他们潮水般涌来，
夸耀自己有黄金甲铿锵作响，
便挥舞带火的霹雳，
猛击爬上我们城垛
忙着高呼胜利的那个敌人①。

歌　队

（第二曲首节）
那个人手持火把仰面一倒，
跌下城头，重重地落到地上。
刚才他还暴跳如雷，疯狂地
向我们刮起仇恨的风暴。
但是那些恐吓都落了空，
而其他的敌人，伟大的阿瑞斯，
我们有力的保护神，给了他们几种不同的死法。
（本节完）

歌队长

七个城门口七员敌将，七对七②
的结果，都丢下了盔甲作为我们的战利品，
献给宙斯，敌人逃跑的造成者。
只有两个不幸的人除外③，
他们是一父一母所生的兄弟，

---

① 进攻忒拜的七将之一卡帕纽斯极其骄狂。他曾说，即使宙斯也拦挡不了他。但在他刚爬上城头时，宙斯用霹雳把他打死了。

② 进攻忒拜的七将，在《奥狄浦斯在科洛诺斯》中列出名字的是波吕涅克斯、卡帕纽斯、埃特奥克勒斯（不是波吕涅克斯的兄弟埃特奥克勒斯）、安菲阿拉奥斯、提杜斯、希波墨东和帕特诺帕奥斯。阿德拉斯托斯不在七将之列。

③ 阿尔戈斯方面的将领都算战败者，唯波吕涅克斯除外，他和其弟都既是战败者（被杀）又是战胜者（杀死了对方）。

举起胜利的长矛互刺对方，
造成彼此同时的死亡。

歌　队

（第二曲次节）
既然光荣的胜利女神来到这里
向战车无数的忒拜露出笑容，
让我们忘掉刚才的战争，
到所有的神庙去举行
通宵达旦的跳舞唱歌；
愿酒神来做我们的领队[①]，
他的歌舞能震动忒拜大地。
（本节完）

歌队长

但是，瞧那边，这地方的王，
墨诺克奥斯之子，克瑞昂来了，
他是神赐的好运拥戴的新王。
他在考虑什么？无缘无故他不会
给我们所有的长老发出通知，
召开一次特别的长老会议。
（克瑞昂上）

① 酒神狄奥倪索斯，别名巴克科斯，生于忒拜。

（三）

第一场

克瑞昂

长老们啊，我们的城邦经历了许多风浪，
如今众神使它重新恢复了稳定和安全。
我从全体市民中把你们挑选出来，
派人把你们召集到这里来开会，
因为我清楚地知道你们一直
忠心耿耿拥护拉伊奥斯的王权，
在奥狄浦斯统治忒拜时期以及他死后
你们又忠贞不渝地拥护他的子孙①。
如今两个王子在同一天里制造了
同一的命运，互相杀死了对方，
在自己的手上沾染了兄弟的血。
于是我取得了这王位和全部的权力，
因为我是死者最近的亲属。
　　任何人在没有被看到善于统治
善于立法之前，他的品性、想法和智慧
是不可能得到充分认识的。

---

① “他的子孙”指奥狄浦斯和他的两个儿子。

因为，任何人，如果他是国家的
最高领袖，而不采取最善的决定，
只是心怀顾忌，知而不言，
这种人我一向认为最卑劣。
任何人，如果他把亲友看得
重于祖国，这种人不值我一提。
至于我自己，请永远无所不见的宙斯作证，
我如果发觉灾祸逼近国人，
危及他们的安全，决不会知而不言。
我决不会把国家的敌人
当作自己的朋友，我知道一个道理：
只有在城邦之船安全航行的时候
我们才有可能构筑友谊。
　　这就是我要使城邦强大的原则，
刚才我已向国民宣布了一条符合
这些原则的命令，关于奥狄浦斯两个儿子的命令：
埃特奥克勒斯为保卫城邦战斗，
牺牲了，十分壮烈，
要筑墓埋葬他，并供上一切
随着最勇敢的死者到达下界的祭品[①]。
至于他的兄弟——我是指波吕涅克斯，
他是个逃亡者，回国来想要放火
焚烧祖先的国土和本族的神祇，
烧得什么也不剩；他想要喝
本族人的血，把余下的人变为奴隶。
这个人我已向全城邦宣布，
不许埋葬或哀悼他，
让他的尸体抛弃野外，任鹰和狗撕食，

① 特别指酒、蜜和水混合而成的供品。这种供品浇在地上，能渗到冥间为鬼魂所饮。

让人们看见他被撕得血肉狼藉，
　　我的想法就是这样，政从我出，
永远不会让恶人受到敬重，比正义者神气。
相反，任何心爱城邦的人，死后
会和生前一样，受到我的尊敬。

歌队长

墨诺克奥斯之子，克瑞昂啊，这是你
对待城邦敌人和城邦朋友的想法。
我想，你有权力，可以照你的意思发布命令，
处置死者和约束所有我们这些活着的人。

克瑞昂

那么，就由你们来监督这一命令的实施吧！

歌队长

请把这一任务委给一个年轻的人①。

克瑞昂

看守尸体的人已经派定。

歌队长

那么你还有什么别的事要吩咐我们？

克瑞昂

你们不得袒护违犯这一命令的人。

---

① 这句话表明忒拜长老们对禁葬令并不热心。

歌队长

没有人会愚蠢得自己找死。

克瑞昂

违令确实是死罪呀！可还是常有人
贪图好处不惜走上死路。
（一看守尸体者上）

看守人

国王啊，我不能说是快步奔来的，
不能说赶得气都喘不过来。
我路上多次停下来，顾虑重重，
不止一次想转身走回自己家里去，
我心里犯嘀咕，自己跟自己举行了
长时间的争辩："可怜的人啊，你干吗要去受罚？"
"苦命的人啊，你干吗又停下来了？若是克瑞昂
从别人那里知道这件事情，那不更糟？"
我这样来回思忖，懒懒的脚步慢慢地走，
于是一段短短的路程变成长长。
最后，不论怎么说我成功地到了你这里。
虽然我这话空空洞洞，但还是要说出来，
因为我到这里来抱着一种希望：
除了命中注定的外不受另外的惩罚。

克瑞昂

什么事使你这么焦虑？

看守人

首先我要向你说说我自己。这事不是

我干的，我也不知道干这事的是谁，
因此惩罚我是不公正的。

克瑞昂

你既瞄得准确又防卫周密①，
显然你有不平常的消息要报告。

看守人

消息可怕使我迟疑不敢说。

克瑞昂

还不把话说了，然后给我滚开？

看守人

那我就告诉你啦。刚才有人把那尸体
给埋了，他在上面撒上了干沙，
举行了常见的仪式，走了。

克瑞昂

你说什么？哪个男人②胆敢这样做？

看守人

我不知道。那里没有铁镐掘过的
痕迹，没有铲子挖出的泥土；
地面又干又硬，也没有轮子碾过的
车辙，作案的人没留下任何痕迹。

---

① 以射箭作比喻，说看守人既善于推脱又善于争辩。
② 克瑞昂不相信女人有这样的胆子。

当第一个日班看守人指给我们①
看的时候,大家既惊奇又害怕。
死尸不见了,不是埋进了坟墓,
而是薄薄地盖上了一层沙土,像人们
躲避晦气的做法;也看不出
有野兽或野狗来撕咬过。
　　这时我们相互责骂,
看守人对看守人,最后
几乎打起来,没人来阻拦。
每个人都遭到怀疑,但是谁也
不能被定罪,因为大家都说没看见。
我们准备手握烧红的铁块
穿过熊熊烈火,请众神作证:
没做过这事情,对这事的
谋划和施行也不知情。
　　这样再追查下去也查不出个结果,
最后有人说出个办法,
大家惴惴不安地低头同意了。
因为,我们既没有办法反驳他,
也不知道听从他的话能不能有好运。
他说这事必须报告你,不能隐瞒。
大家一致同意了他的意见,抽签的结果
这个好差使落到了我这个倒霉鬼头上。
于是我到了这里,既不愿意也不受欢迎,
我知道,谁都不喜欢报告坏消息的人。

歌队长

我的王啊,有一个想法一开始就在我

---

① 表明事情发生在派人看守之前。

心里盘桓:这件事莫非是神的工作?

克瑞昂

住嘴! 趁你的话还没使我十分动怒,
免得你让我发现既老又糊涂。
你的意思是说众神眷顾这死人?
这话让我无法容忍。
是不是众神对他破格开恩把他葬了,
回报他对他们的特殊贡献?
可他是来火烧他们有石柱环绕的
庙宇、宝库和土地,破坏法律的呀!
你难道看见过众神眷顾坏人?
这不可能。事实是,这城里
一开始就有人不能接受这禁令,
对我口出怨言,私下里摇头,
不接受我的节制,不服从我的权力。
　　我看得很清楚,这些人正是
他们用金钱收买哄来干这事的。
在人间出现后流行起来的东西里
没有什么比金钱更坏的。
这东西能毁灭城市,能把人们赶出家园;
能把正直的人教坏,使他们误入歧途,
以至做出不知羞耻的事情;
它甚至教会人们为非作歹,
做各种渎神的事情。
那些被雇用来干这事的人
是要受到惩罚的,只是迟早而已。
　　(向看守人)
现在我对你说,给我听清楚,
既然我还信奉宙斯,我以他的名义起誓——

如果你们查不出那个掩埋死人的
真正犯人并把他送到我的面前,
只一死对你们还是不够的,
我要先把你们活着吊起来,
叫你们供出这一罪行的真情,
让你们知道哪方面的利益是应得的,
以后可以争取;让你们懂得,
唯利是图,不问是否合法,是不应该的。
因为,你会发现,不义之财给多数人
带来的与其说是福不如说是祸。

看守人

你让我说点什么,还是就这么转身走开?

克瑞昂

你不知道吗?连眼前你提的这个问题也在刺痛我。

看守人

痛在你耳朵里还是心上?

克瑞昂

为什么你要确定我痛在什么地方?

看守人

刺痛你心的是犯人,刺痛耳朵的是我。

克瑞昂

哎呀,看得出来,你生来是个唠叨鬼。

看守人

或许是;但我决不是这作案者。

克瑞昂

不但是,而且为金钱出卖了自己的灵魂。

看守人

哎呀,真伤心,
一个进行推理的人做出了错误的判断。

克瑞昂

你尽管空谈什么“推理”吧,
但你若不能把那些作案者给我清查出来,
你就得承认,不义之财意味着灾祸。

看守人

能查出来那是再好不过,但是无论
捉得到捉不到——须知这得命运决定——
反正你再不会看到我到你这里来了。
出乎我意料和希望之外,这次居然
平安无事,我得多多感谢神明保佑。

（下）

（四）

第一合唱歌

歌　队

（第一曲首节）

奇异的东西虽然多，但没有
一种能像人这样奇异[①]：
他们冒着狂暴的南风，横过灰色的
大海，劈开汹涌的波涛
前进，不怕被吞没的危险。
他们把不朽不倦的大地，
这最古老的女神，也搞得疲劳不堪，
用骡子拉着犁头，年复一年，
来来回回翻耕土地。

（第一曲次节）

他们编织网具，
捕捉欢快的飞鸟、
凶猛的走兽和海里的鱼类。
人类真是智力超群，

① 歌队赞美埋葬的人机智勇敢。

他们用技巧
驯服了穴居野外
漫游山间的野兽，
驯化了鬃毛蓬松的马，
给它们戴上了轭头，
他们还驯化了力大无穷的山牛。

（第二曲首节）
他们学会了言谈，
风一样快地思想，
学会了克制的城市生活
在不宜露宿的季节和天气里，
学会了躲避风霜雨雪[1]。
他们什么都有办法，
对付要发生的事情无所不能，
只是面对死亡他们无能为力，
虽然对付疾病他们也有办法。

（第二曲次节）
机巧这东西
虽然有时能给人带来幸福，
但是，对它希望过高，就能带来不幸[2]。
一个人若能尊重国家的法律，
尊重对神发誓要支持的正义，
他就能享有国家的政治权力；
如果大胆妄为，犯了罪，
他就会失去城邦的公民资格。

---

① 指造屋躲避。

② 指出埋葬的事虽然干得巧妙，但还是有可能要败露的。

这种人，我不愿和他一个锅里吃饭，
也不愿和他有一样的思想。

（五）

第二场

（看守人押安提戈涅上）

歌队长

这是什么怪事？它把我搞糊涂了。
我认识她，我不能说
这姑娘不是安提戈涅。
啊，不幸的人，
不幸的父亲奥狄浦斯的孩子啊，
这是为什么，他们把你捉了？
难道你不服从国王的法律，
在干傻事的时候被撞上了[1]？

看守人

她就是干这事情的人。我们在她埋葬
死人的现场捉住了她。可是克瑞昂在哪里？

---

① 歌队长的这段话，有的研究者把它作为第一合唱歌的“末节”处理。泽林斯基俄译本把它作为第二场的开始，比较合理。第二合唱歌和第三合唱歌后也有类似的情况。

（克瑞昂上）

歌队长

他从宫里出来了，正凑巧。

克瑞昂

发生了什么事？为什么说我来得凑巧？

看守人

国王啊，我说凡人不应该发誓不做某一事情，
因为过后想想往往会改变原先的决心。
在受到你的威胁离开你的时候，
我曾在心里发誓说决不再来这里。
但是，意外快乐的力量
远远胜过任何的快乐，
你瞧，我全忘记了决心，
又来了，带来了这女孩子，
她是在礼葬那死人时被捉住的。
这次没有簸签，好运便落到了
我的手里，别人没有得到它。
现在，王上啊，我把她交给你了，
随便你审讯发落吧，我反正自由了，
有权利摆脱这桩祸事了。

克瑞昂

你是在哪里，怎样捉到她并带来的？

看守人

她在埋葬那个人，我都跟你讲过了。

克瑞昂

你头脑清楚吗？没有把话说错？

看守人

我亲眼看见她违反你的禁令在埋葬那个尸首。
我这还不算说得清醒明白吗？

克瑞昂

你是怎样看见并且当场捉住的？

看守人

经过是这样的:我们受了你
可怕的威胁,又回到了那里,
把盖在死尸上的沙土全部扫去,
让腐烂的尸体暴露了出来,
然后我们背风坐在小山头上,
以免闻到死人的臭味。
每个人都用严厉的话警告同伴,
担心有人疏忽了自己的责任。
　　我们就这么守了好长时间,直到太阳
光芒四射的圆球升到了高高的中天,
热得像火一样,这时突然一阵旋风
从平地卷起飞沙,吹得天昏地黑,
席卷平野,刮得树叶纷纷落下
满天飞舞;我们闭起了眼睛,
忍受这神降的灾难。
　　这样过了好一会儿,风停沙静,
我们发现了这个女孩,她在大哭,
像一只鸟儿在空巢中痛苦地

尖声啼叫，看见丢了雏儿空了巢穴。
她正是这样。看见死尸被暴露了，
她放声大哭，呼天喊地诅咒
扫去沙子的人。她立即捧起干沙
重新撒在尸体上，高举一只精制的铜壶，
三次浇奠酒水，向死者致祭敬礼。
　　我们见此扑了过去，立即把她逮住，
可我们这猎物毫无惊恐之色。
我们指责她先前的和当前的行为，
她直认不讳；这使我们同时感觉
既欢喜又悲伤。因为，一方面，
我们自己摆脱了不幸，觉得高兴；
另一方面，使朋友陷入了不幸，
我们觉得伤心。但是，所有这一切，
对于我，都不及我自身的得救要紧。

克瑞昂

你，你低头望着地面，
承认不承认这事是你做的？

安提戈涅

我承认是我做的，不想否认。

克瑞昂

　　（向看守人）
你摆脱了重罚，自由了，
爱到哪里去就到哪里去吧。
　　（看守人下。向安提戈涅）
告诉我——话要干脆，别啰嗦——
你知道不知道有禁止做这事的命令？

安提戈涅

知道。怎么会不知道呢？公布过的。

克瑞昂

你真敢违犯这法律？

安提戈涅

是的。须知，向我宣布这法令的不是宙斯，
和冥间诸神同居地下的正义女神
也没有为人间制订过这种法律。
我不认为你的法令有这么大的效力，
以致一个凡人可以践踏不成文的
永不失效的天条神律。后者的有效期
不限于今天或昨天，而是永恒的，
也没人知道它们是何时起出现的。
　　我不能因为害怕任何凡人的傲慢
去违反这种天条，以致遭受神的惩罚。
即使没有你那道命令，我也总有一死。
这我清楚地知道。怎会不知道呢？
如果我还没活足天年就死了，
我认为这是得到了好处。因为，
如果有谁像我这样多苦多难地活着，
那么，死亡对于他能有什么损失呢？
　　因此，我虽这样遭到横死，
并没有一点伤心，倒是觉得幸福。
如果我容忍自己的同母兄弟死了暴尸不葬，
我是会伤心的——而我现在不。
如果你认为我刚才做了傻事，
我却认为，说我傻的人自己才是傻子。

歌队长

这姑娘生性倔强，倔强父亲的
倔强孩子，不知道向灾祸低头。

克瑞昂

（向安提戈涅）
我要你懂得，
太高傲的性格最容易受压抑；
最坚固的铁经过淬火变硬
又最容易被折断和击成碎片。
我还知道，
一枚小小的嚼铁能使烈马驯服，
做了别人的奴隶就不能自大自尊。
（向歌队长）
这女孩子刚才违犯公布的法令，
已经举止放肆，事后，你瞧
她还这么出言不逊，傲慢无礼，
为做了这事而高兴，夸耀自己的行为。
如果她胜利了，不受惩罚，
她就是个男子汉了，我倒不是。
尽管她是我姐姐的孩子，
比任何一个崇拜我家神宙斯的人①
和我在血统上都近，她自己
和她的妹妹都难逃最重的惩罚。
我认为伊斯墨涅是埋尸的同谋犯。
（向一侍从）
你去把她叫来，我刚才看见她在屋里，

① 宙斯被视为家族、家庭、家屋的保护神。

她疯了,精神失常。
是的,一个人暗中干坏事,
心灵会背叛她的。
当然,那个被当场捉住后,还想
把罪行说成美德的人更为可恶。

安提戈涅

除了把我捉来杀了,你还想干什么?

克瑞昂

这样就够了,不要别的。

安提戈涅

那你还拖拉什么? 你的话我一句
也不爱听,但愿我永远不爱听;
同样,我的话你也一定不爱听。
安葬自己的哥哥是我的光荣,
我还能从哪里赢得更大的光荣?
如果不是胆怯封住了大家的嘴,
他们都会承认自己赞成我的行为。
可是,国王有权想说什么说什么
想做什么做什么,且不说许多别的特权。

克瑞昂

忒拜人中只你有这种看法。

安提戈涅

他们也有这种看法,只是在你面前不说。

克瑞昂

但是，行动脱离大家[1]，你不觉得羞耻吗？

安提戈涅

礼敬自己的兄弟，没什么可耻。

克瑞昂

对方的死者不也是你的兄弟？

安提戈涅

是的，同父同母的兄弟。

克瑞昂

对那个的礼敬，在这个看来不就是对他的不敬？

安提戈涅

这个死者[2]不会表示他有这个看法的。

克瑞昂

会的，如果你对他致以平等的敬意，
和对那个坏人一样。

安提戈涅

你得知道，那个死者是他的兄弟，不是他的奴隶。

克瑞昂

可一个是攻打祖国的，一个是保卫祖国的。

---

① 别人即使赞成埋葬尸体，但没有实际去做。

② 指埃特奥克勒斯。

安提戈涅

不论怎么说，哈得斯要求葬礼[1]。

克瑞昂

不是要求坏人享受和好人同等的葬礼。

安提戈涅

谁说得准这在下界是有罪？

克瑞昂

即使死后，敌人也不会变成朋友。

安提戈涅

我的天性不是和人一起恨，而是和人一起爱。

克瑞昂

如果你一定要爱，那你就到地下去爱他们吧；
至于我，只要我还活着，决不让女人做主人。

（伊斯墨涅被押上场）

歌队长

瞧，伊斯墨涅走出宫门来了，
为姐姐难过，她在哭泣流泪，
眉间的乌云罩上了她红红的脸，
随即化作雨水，淋湿了她漂亮的脸庞。

---

① 哈得斯是冥王。死人埋葬了，冥王才能收到，这是他的权利。

克瑞昂

你像一条毒蛇潜伏在我的家里，
一直偷偷地吸着我的鲜血，
我却不知道养着两个害人精，
让你们来推翻我的权力。
说！你承认参与了葬事还是发誓全不知情？

伊斯墨涅

这事是我做的，如果她容许
我这么说；我愿分担惩罚。

安提戈涅

不，正义不会容你这么做，因为
你既没有同意，我也没有让你参加。

伊斯墨涅

但如今你身陷苦难，我和你
共渡苦海，不觉得羞耻。

安提戈涅

事情是谁做的，冥王和地下死者可以作证；
口头上的朋友不是我喜欢的朋友。

伊斯墨涅

姐姐啊，别奚落我，让我和你
死在一起，以死来礼敬死者。

安提戈涅

你别和我一起死，别把你没动过手的

工作算作你的;我一个人死就够了。

伊斯墨涅

失去了你,生命于我还有什么可爱呢?

安提戈涅

你问克瑞昂吧,因为,你在意的只是他。

伊斯墨涅

为什么你要这么刺痛我的心,这对你有什么好处?

安提戈涅

假如我真的笑了你,这笑是苦的。

伊斯墨涅

且说现在我还能帮助你什么?

安提戈涅

救你自己吧,我不妒忌你的得救。

伊斯墨涅

伤心呀!你不让我和你同命运吗?

安提戈涅

因为,你选择了生,我选择了死。

伊斯墨涅

你的选择我不是没有反对过。

安提戈涅

一些人认为你的想法对,另一些人赞成我的。

伊斯墨涅

但我们两个人同样被判有罪呀。

安提戈涅

别怕,你活着呢,我的心
则早已死了,因此,我帮助死人。

克瑞昂

我看这两个女孩子都缺乏理智,不同的是,
一个刚才失去了它,另一个生来没有。

伊斯墨涅

国王啊,你说得对;人遭到灾难时,
天生的理智也会叛离。

克瑞昂

在你选择了和坏人一起犯罪的时候,
你的理智确实是丧失了。

伊斯墨涅

没有了姐姐,我一个人怎么生活?

克瑞昂

别说姐姐了,她已不存在。

伊斯墨涅

你要杀你儿子的未婚妻吗?

克瑞昂

他还有别的土地可以播种。

伊斯墨涅

他不会再有这样合意的未婚妻了。

克瑞昂

我不喜欢我的儿子有个坏妻子。

安提戈涅

啊,最亲爱的海蒙,你的父亲多么轻蔑你呀!

克瑞昂

住嘴,我不想再听到谈论你和你的婚姻。

歌队长

你真要使你儿子失去这个未婚妻吗?

克瑞昂

阻止这桩婚事的是死神。

歌队长

看来,她的死刑已经判定。

克瑞昂

长老啊,你和我一起判的①。
侍从们,别再拖延时间了,把她们押进去。

① 歌队长曾表示赞成禁葬令(第211行以下)。

现在起她们必须像个女人样子,不得随便走动。
须知,即使勇敢的人,在看见死神
逼近的时候,也会逃跑的。

(二侍从押安提戈涅和伊斯墨涅下)

(六)
第二合唱歌

歌　队

(第一曲首节)

没尝到过苦难的人是幸运的。
一个人家一旦受到神怒的震撼,
灾祸就会没完没了
落到这家一代又一代人的身上,
就像波浪,受到色雷斯来的海风①
有力的驱赶,搅向幽暗的海底,
从深处卷起黑色的泥沙,
可以听到深长的哀号声发自
面对风浪受到击打的海岬。

(第一曲次节)

---

① 色雷斯在黑海西岸和爱琴海北岸。

我看见拉布达科斯子孙的家里①，
古来的灾祸一代又一代地发生②。
儿子的死赎不了父亲的罪孽，
这是一位神的打击，这家族无法解脱。
如今奥狄浦斯家最后长出的根苗③
给这个家族带来的最后一线希望，
哎呀，又要被地下神祇的镰刀——
言语的愚蠢、心灵的疯狂——割断了。

（第二曲首节）
宙斯啊，哪一个凡人无礼的
干涉能限制你的权力？
连诱捕众生的睡眠
和众神的不倦岁月，
也都无法控制你。
啊，你，居住在光辉壮丽的
奥林波斯山顶，
时间不能使你变老的统治者。
正如以往一样，
无论最近的还是遥远的将来，
这条规律不变：
凡人过度的行为会带来祸殃。

（第二曲次节）
那迷人心智的希望，
虽然对许多人有益，

① 参见《奥狄浦斯在科洛诺斯》第221行。

② 参见《奥狄浦斯在科洛诺斯》第268行。

③ 最后的苗指安提戈涅和伊斯墨涅。长老们认为安提戈涅是不理智的，她的言语、行为是在毁灭自己。这都是佩洛普斯的诅咒在起作用。

但对许多人又只是
轻率欲望的一个骗局。
粗粗一看，不觉有害，
闯入了烈火才知道上当。
可见前人的名言
不是没有智慧的：
一个人的心智被神引入迷途，
或迟或早他会把祸当成福。
只是暂时还没遭到灾难罢了。

（七）
第三场

（海蒙上）

歌队长

瞧，你最小的儿子海蒙来了。
他是不是在为未婚妻安提戈涅
被判死罪而伤心，为自己
婚姻遭到挫折而失望难过？

克瑞昂

我们马上就会知道得比先知更清楚。
（向海蒙）

你是因为听说未婚妻被定了罪，
我的孩子啊，来同父亲斗气的？还是
不论我怎么办，你对我都怀抱好意？

海　蒙

父亲啊，我是你的儿子；你用智慧
为我规定的行为准则我一定遵守。
我不会把任何婚姻看得
重于你有益的指导教诲。

克瑞昂

说得对，我的孩子，你应当把这句话
牢记心间：凡事服从父亲的意志。
所以，做父亲的总希望看到自己的
孩子在家里顺从听话长大成人，
能够以恶对待父亲的仇人，
尊敬父亲的朋友，像父亲自己一样。
一个人生了无用的儿子，你除了说
他给自己添了一个苦恼，给仇人
添了一个笑料，还能说什么呢？
因此，我的儿啊，希望你别做了爱情的俘虏；
为了一个女人丧失了理智的主宰。
你得知道，娶一个坏女人在家里
和你同床，怀中的快乐很快就会变得冰冷。
有什么是比一个坏的情人更大的祸害？
你应该把这女孩子视同仇人，
憎恨她，让她到冥土去嫁给别人。
既然我当场捉住了她——公然违令的
全城只有她一个人——我要把她处死，
我不会失信于我的人民。

　　让她去向亲属之神宙斯求救吧。
如果我把自己的血缘亲属养得不听话，
那么我就一定会把亲属以外的人养得全不服从啦。
因为，只有在家中尽责的人，
才能成为正义的公民；
反之，如果有人恣意妄为，或违犯法律
或想对自己的统治者发号施令，
这种人我永远不会赞许。
不，对城邦所任命的人，必须服从，
不论大事小事，也无论他公正不公正。
能这样服从的人，我确信，他不仅能成为
好的被统治者，也一样能成为好的统治者，
在枪林箭雨中坚持自己被指定的岗位，
忠贞勇敢地和战友们一起战斗。
　　不服从领导是最大的祸害，
它能毁灭城邦，破坏家庭，
使同盟军的队伍溃不成军；
服从能使无数品行端正的生命得救。
因此，我们必须维护秩序的权威，
无论如何不能在一个女人面前后退。
如有必要，我们也宁可被一个男人打败。
免得别人说我们不及一个女人。

歌队长

你所说的话我们觉得很有道理，
除非老年使我们得了痴呆症。

海　蒙

父亲啊，众神把理智赋予人类，
它在人所拥有的一切事物中最可贵。

我不能也不愿说，你的话不对，
可是别人也可能有智慧的思想。
因此，为了你的利益关注民众的
行为、言论，所想批评的一切，乃是我的天职。
要晓得，人都害怕你皱眉头，
不敢说你不爱听的话，
但是我能听得到这些私下的议论，
听得到人民为这姑娘悲伤叹息：
“她是所有妇女中最不应该
做了好事却要死得这么悲惨的。
她的哥哥在流血的拼杀中毙命后，
她不愿任其暴尸，让食腐的野狗
或任何鸟类贪婪地撕食他。这样做
她还不应该得到金冠的褒奖？”
　　我听到的私下议论即如上述。
父亲啊，对于我，没有什么财富
比你的事事好运更是珍贵。
真的，对于儿女，有什么能比
幸运父亲的好名声更光荣的？
或者，儿子的光荣对于父亲也一样。
因此，望你别固执己见，别认为
你的话一定正确，别人都不对。
因为，如果有人认为，只有自己智慧，
无论说话还是思想，别人都不能比，
这种人一旦揭开，常被发现头脑空空如也。
　　其实，一个人即使智慧，多多学习，
及时修正己见，并不羞耻。
试看冬季的洪水急流边的树木，
凡是避开急流的便能保全它的细枝嫩叶，
而那些硬顶着不让的则被连根拔起，也毁了枝叶。

同样,那些在风暴中把帆索拉得紧紧的
一直不肯松手的水手,也一定难逃覆舟的
命运,底朝天地结束余下的航程。
　　请宽容点,歇歇你的怒气!
如果我,一个年轻人,也可以发表自己的意见,
那么我认为,一个人天生全智全能,当然最好,
否则的话——事实上情况往往不是这样——
听听有益的劝告也是明智的。

歌队长

国王啊,如果他的话有合理的成分,你应该听他的;
海蒙啊,你也应该听父亲的,因为双方都有一定的道理。

克瑞昂

那么,真的要让他们这么大年纪的人,来教
我们这么大年纪的人怎样变聪明点吗?

海　蒙

我说的话没有什么不正当。虽然我年轻,
但请多注意点我的行为,别只注意我的年龄。

克瑞昂

敬重犯法的人是正当的行为吗?

海　蒙

我不是要求敬重坏人①。

---

① 海蒙避开安提戈涅是否犯法的问题,强调她不是坏人。

克瑞昂

她不是沾染了那毛病吗?

海　蒙

忒拜全体人民都说“不”。

克瑞昂

要忒拜平民规定我如何执政吗?

海　蒙

瞧你说这话不像个年轻人吗?

克瑞昂

我必须按别人的意思统治这国土吗?

海　蒙

只属于一个人的城邦不是城邦。

克瑞昂

城邦不被认为是统治者的城邦吗?

海　蒙

你可以在没人的地方独裁统治。

克瑞昂

这孩子看来和那女人站在一起战斗。

海　蒙

除非你是个女人;因为,事实上我是为了你。

克瑞昂

可恶之至,你竟和你的父亲斗嘴?

海　蒙

我看见你犯了错误,不公正。

克瑞昂

我看重我的统治权,是犯错误吗?

海　蒙

你践踏了众神看重的东西①,
就是不看重你的统治权。

克瑞昂

啊,没出息的东西,成了一个女人的奴才。

海　蒙

你决不会看到我成为一个卑劣者的奴才。

克瑞昂

你这全都是在为她说话。

海　蒙

不,是为你和我,还为地下众神祇。

克瑞昂

她决不会活着嫁给你了。

---

① 神看重的东西,指接收死者、享受祭礼等。人间王权应当维护神的这些权利。

海　蒙

这么说，她必须死，并且毁灭另一个人。

克瑞昂

你竟敢威胁我？

海　蒙

反对无理的决定，算什么威胁？

克瑞昂

无知的人指教智慧的人，你要后悔的。

海　蒙

你要不是我父亲，我已经说你智力不佳了。

克瑞昂

你是女人的奴隶，我不糊涂。

海　蒙

你只想说不想听吗？

克瑞昂

这话是你说的？我凭奥林波斯神山起誓，
你得相信，你不会尽骂我不受惩罚的。
（向侍从）
去把犯人押出来，我要让她立刻死
在未婚夫的面前，死在他的身边。

海　蒙

她不会死在我身边的，

永远别存这个念头吧！
今后你也再见不到我的面了，
向那些受得了你的亲人咆哮去吧！
（海蒙下）

歌队长

我的王啊，他气冲冲地走了；
年轻人的心受了刺激，火气是很大的。

克瑞昂

由他去发泄吧，任他想什么神仙的办法
都救不了她们姐妹俩的性命。

歌队长

你真的想把她们姐妹两个都处死？

克瑞昂

没有参与其事的那个免了，你提醒得好[①]。

歌队长

你想把那另一个用什么办法处死？

克瑞昂

我要把她送到一个没人的去处，
把她活活地关在一个石穴里[②]，
给她少量食物，使我们不至于犯罪，

---

① 此时克瑞昂稍微冷静了些，想起伊斯墨涅不该处死。
② 忒拜北郊有石穴群，那里是王室、贵族预先造好的墓穴。

使全城邦不至于遭受污染①。
在那里，她可以祈求冥王，她所崇拜的
唯一神灵，这或许能使她免于一死；
否则她终于会懂得——虽然迟了——
礼敬那个死人是徒劳无功的。

（克瑞昂下）

（八）
第三合唱歌

歌　队

（首节）

厄洛斯啊，你是战无不胜的，
厄洛斯啊，你造成财富的流失，
你在少女柔嫩的脸颊上守夜；
你游逛到海上，游逛到荒野人家，
没有一位神仙没有一个朝生暮死的凡人
能躲得过你的神箭。
谁碰上你谁就会疯狂。

① 氏族社会的习惯，杀死有血缘关系的亲属会受到复仇女神的惩罚。这不但会给克瑞昂本人也会给城邦带来灾难。

（次节）

你使公正者的心变形，
变得不公正，变得疯狂。
当前这场亲人间的争吵
是你挑起的。这美丽新娘
眼睛里那激起爱情的光
取得了胜利。爱情是一种
支配的力量，像永恒的神律一样。
女神阿佛洛狄忒的游戏[1]
是从无失败的。

（九）
第四场

（安提戈涅由二侍从押上）

歌队长

如今看见安提戈涅这么走向
她的新房——那个众人安息的地方——
我自己也禁不住直流眼泪，
越出了法律的界限。

---

① 阿佛洛狄忒是爱情之神。上面第 781 行的厄洛斯是她的儿子，称作小爱神，是一手执弓的男童形象。

安提戈涅

（第一曲首节）
啊，祖国的公民们，
请看我最后一次出发上路，
最后一次看见阳光，
从今往后再也看不见了。
那使众生长眠的冥王哈得斯
把我活着带到阿克戎河的岸边[1]。
我没有享受过迎亲歌，
也没有人给我唱过洞房歌[2]。
我将这样嫁给阿克戎——那冥河之神。
（本节完）

歌队长

不，你这样出发去死人的国土，
是光荣的，受人称赞的；
你没受到那使人消瘦的疾病侵袭，
也没有受到那刀斧杀戮之苦。
不，你将自己主宰自己的命运，
活着去到哈得斯的王国——这
没有任何凡人曾经做到过。

安提戈涅

（第一曲次节）
我曾听说坦塔罗斯的女儿，

---

① 阿克戎河即冥河，河上有喀戎摆渡把鬼魂送过河，便到了冥间。

② 迎亲歌是迎接新娘的人在回来的路上唱的，洞房歌是新婚之夜朋友们在新房外唱的。

弗律基亚来的那个客籍女人[1]，
十分凄惨地死在了西皮洛斯的山顶上，
石头像缠绕的常春藤似的裹住了她，
使她僵化。我听说，雨，雪，
不停地落到她消瘦的身上，
同时，泪水从她痛哭的眼睛里
流下来，淋湿了她的胸脯。
现在神灵赐我长眠的命运，十分像她。

（本节完）

歌队长

但她是神的后裔，也是神，
而我们是凡人所生，只是凡人。
一个女人生时和后来死时
能有神[2]一样的命运，
那是她极大的荣誉。

安提戈涅

（第二曲首节）

哎呀，我受到了讥笑。我以我祖先之神的名义请问，
为什么你要当面讥笑我，不等我走了再说？
啊，我的忒拜城呀，富裕的忒拜市民呀，
啊，狄尔克的泉水呀，战车精良的忒拜圣林呀，
你们亲眼看见了，我触犯了什么法律，

---

① 坦塔罗斯的女儿指著名的神话人物尼奥贝。尼奥贝的父亲坦塔罗斯是小亚细亚弗律基亚的西皮洛斯国王，故她被称作客籍女人。她嫁忒拜国王安菲昂，生了十四个儿女；她以此为骄傲，嘲笑女神勒托只生了一男一女即阿波罗和阿尔忒弥斯，并禁止人们崇拜勒托。为此阿波罗和阿尔忒弥斯把她的儿女全射死了。尼奥贝悲痛无比，在回到老家时化成石头。故西皮洛斯山上有一坐着哭的石像。

② 神指尼奥贝。她的父亲是宙斯所生，母亲是提坦神伊阿佩托斯的孙女。

在没有亲友哭送的情况下被押送去石牢——
一种奇异的坟墓。
哎呀！多么不幸：
我既不栖身人间也不栖身阴间，
无论在活人中还是在死人中都没容身之地。
（本节完）

歌队长

你不顾一切向前冲，鲁莽极了，
撞到了法律之神的高高宝座上，
孩子啊，你伤心地倒在了它的脚下，
不过，你受这苦或许是在赎你父亲的罪过。

安提戈涅

（第二曲次节）
你触动了我内心最深的痛处，
唤醒了我无尽的悲叹，为我父亲，
为我们这拉布达科斯家后人的全部厄运。
啊，母亲和她的亲生儿子——我的父亲——
可怕的结合呀！
我是什么样的父母生的
可怜的孩子呀！
我就这么受着诅咒，
尚未结婚便来到他们的新居。
我的哥哥呀，你的婚姻也是不幸的①，
你的死还害了我的性命。

① 波吕涅克斯娶了阿尔戈斯王阿德拉斯托斯的女儿，靠岳父的支持回来攻打祖国，酿成悲剧。

歌队长

虔敬诚然是一种宗教美德，
但是,权力在当权者看来
是无论如何也冒犯不得的。
倔强的性格毁了你。

安提戈涅

没有人哭,没有亲友,没有婚歌，
我伤心地被押解上最后的路，
可怜我再没可能
看见太阳的神圣光辉了。
我的厄运没有亲友悲叹，
没有人为它流泪。
（克瑞昂上）

克瑞昂

（向侍从）
你们不知道吗？要是啼哭和诉说有什么益处，
那么,人们在死之前就会一直不停地哭诉了。
还不赶快把她押走！你们把她关在那个
拱形石墓里之后,就按我吩咐的，
把她一个人丢在那里,随便她马上寻死
还是在那样一个家里过被埋葬的生活。
反正我们没有犯罪,手上没有沾上她的血；
但又的确,我们剥夺了她在人世居住的权利。

安提戈涅

啊,坟墓呀,新房呀,那个永久
囚禁我的石窟呀,我就要去你那里

投奔我的亲人了。他们多数已经死了，
早已被冥后佩尔塞福涅[1]接到死人中间去了，
我是他们中的最后一个，死得也最惨，
要在寿限未到之前就去那里，但是，
我怀有美好的希望，希望我的到来
受到父亲的欢迎，也使你，我的母亲呀，高兴；
还有你，我的哥哥呀，也受到你的欢迎。
你们死后，我曾亲手为你们清洗
穿戴，到你们的坟上浇奠洒水。
如今，波吕涅克斯呀，为了埋葬
你的尸体，我又受到如此的惩罚。

　　我这样对你尽礼数，在有头脑的人看来是对的。
如果是我的一个孩子或者我的丈夫死了
尸体腐烂了，我或许还不会采取这个行动，
不顾城邦的反对。我说这话根据什么原则呢？
丈夫死了我可以再嫁一个，
孩子死了，我可以和别的男人再生一个；
如今父亲和母亲已经去世，
永远不可能再有一个兄弟生出来了。

　　我就是根据这个原则为你尽礼数的，
可是，亲爱的波吕涅克斯啊，
克瑞昂却认为我胆大妄为，做这事犯了罪。
如今他捉住了我，要把我这样押走。
我还没听唱过婚歌，没上过婚床，
没享受过婚姻的幸福和养育儿女的快乐。
我这不幸的人呀就这样没有亲友
孤苦伶仃地，活着走向死人的墓穴。

---

① 佩尔塞福涅是宙斯和得墨忒尔的女儿，冥王哈得斯的妻子。

　　我违犯了什么神律？……①
既然我做了敬神的事情却得到了
不敬神之名，我这可怜的人为什么
还要寄希望于神灵？还要祈求什么神的援助？
如果这一判决，得到神的赞同，
我也要到死后才能知道我有罪。
如果有罪的是法官，愿他们遭受苦难，
不比他们错误地加之于我的更多。

歌队长

还是那个风暴，还是那样激烈地
在这姑娘的灵魂里呼啸。

克瑞昂

押送她的人做事太拖拉，
他们要为此后悔的。

安提戈涅

哎呀，不幸呀！这句话
我听来像一道催命符。

歌队长

我没法安慰你。他的话
只预示死亡，没有别的意思。

安提戈涅

啊，我祖先的忒拜城堡呀，

---

① 有的校订者认为第904—920行是后人加进去的。如果这段文字删去，第921行接第903行语气连贯。另有一些校订者认为第904—920行是原有的，如果这样，那么第921行后似乎缺了若干行。

还有你们，我的祖先之神呀①，
他们要把我押走，再也不假宽限。
忒拜的元老们呀，请看一下我——
你们王家最后的苗裔——
只因为不敢不敬畏神明，
从谁那里受到了什么迫害吧！
（安提戈涅被押下场）

（十）

第四合唱歌

歌　队

（第一曲首节）
美丽的达那厄②也曾像你一样，
在那铜塔里失去了看见天光的快乐，
被囚禁在那坟墓似的闺房里。
孩子呀孩子，她的出身也是高贵的，

① 卡德摩斯的妻子哈尔摩尼亚是战神阿瑞斯和美神阿佛洛狄忒所生，酒神狄奥倪索斯是卡德摩斯和哈尔摩尼亚的女儿塞墨勒所生，因此战神、美神、酒神是安提戈涅的祖先之神。

② 达那厄是阿尔戈斯国王阿克里西奥斯的女儿。有神谕说阿克里西奥斯将来会死在女儿所生的儿子手里。这位国王因此把女儿关在一座铜塔上面，不与外人接触。宙斯化作金雨和达那厄生佩尔修斯。佩尔修斯后来在一次运动会上掷铁饼，不意铁饼飞上了观众台，杀死了观看比赛的阿克里西奥斯。

还为宙斯生养了一个金雨化成的儿子。
命运的力量真可怕,金钱不能收买,武力不能征服,
城墙阻挡不住,黑船破浪也逃避不了。

（第一曲次节）
德律阿斯的儿子,埃多尼人的国王①,
性情暴躁,骂了酒神狄奥倪索斯,
被酒神关进了石牢,受到惩戒。
他激烈的疯狂在这里逐渐平息,
终于知道了,他在疯狂中辱骂的
是一位天神。因为他曾经阻止感应了
神性的女人们高举火把,狂欢游行。
他这行为也激怒了喜爱排箫的缪斯们。
濒临双海之水,靠近黑崖地点②,
是牛峡的海岸和色雷斯的③
萨尔米得索斯城[……]④
住在附近的战神阿瑞斯
曾在这里看见菲纽斯的两个儿子
被他们凶残的后母令人诅咒地
刺瞎了眼睛;她用血腥的双手,
用梭子的尖头,给他们两个

---

① 德律阿斯的儿子吕科尔戈斯,在酒神路过他的国土时,侮辱了酒神。酒神使他发了疯,误杀了自己的儿子,这杀人罪使城邦发生了瘟疫。神示说,处死吕科尔戈斯瘟疫才得平息。不得已埃多尼人把他囚禁在一处山洞里。他后来被马或豹子咬死。

② 双海指黑海和前海(现马尔马拉海),黑崖是黑海入口处的两座陡崖,当有船从其间经过时,它们便相向移动撞击。传说中的阿尔戈号快船成功地穿过其间后,它们便永远停在原地了。

③ 牛峡是伊奥化成母牛逃避赫拉迫害时经过的渡口,即现在的博斯普鲁斯海峡。

④ 萨尔米得索斯城,距牛峡约八十公里。“城”字后有残缺。

渴望复仇的眼珠带来了黑暗[①]。

（第二曲次节）

他们在受苦中衰弱，悲叹他们可怜的苦命，
他们是婚姻不幸的母亲所生的两个儿子。
她的出身可以上溯到
古老的埃瑞克透斯家族，
她在遥远的洞穴里
在父亲波瑞阿斯的风暴中间养大[②]，
波瑞阿斯的这个孩子，神的女儿，
在峻峭的山岭上快如骏马，
可是，我的孩子呀，像你一样，
她也受到不死的命运女神压迫。

（十一）

第五场

（特瑞西阿斯上，由一童子带路）

---

① 菲纽斯是萨尔米得索斯的王，先娶雅典王埃瑞克透斯的孙女克勒奥帕特拉，生了两个儿子。他后来把克勒奥帕特拉囚禁起来，另娶忒拜王卡德摩斯的姐妹埃多特亚为妻。埃多特亚把克勒奥帕特拉两个孩子的眼睛刺瞎了。

② 克勒奥帕特拉的父亲是北风之神波瑞阿斯，风暴是他的女儿们，是克勒奥帕特拉的姊妹。她们和克勒奥帕特拉都有翅膀，行走如飞。

特瑞西阿斯

啊,忒拜的元老们,我们两个人
靠一双眼睛,来到了这里,因为,
没有人引路,瞎子没法行走。

克瑞昂

老特瑞西阿斯啊,你带来了什么信息?

特瑞西阿斯

这我将告诉你,但你必须听信。

克瑞昂

迄今为止,事实上我从来没有不听你的。

特瑞西阿斯

因此你一直顺利地驾驶着城邦这只船航行。

克瑞昂

我知道并且证实你对我是有帮助的。

特瑞西阿斯

你要明白,你现在又一次面临危险的关头。

克瑞昂

你指的是什么?你的话我听了发抖。

特瑞西阿斯

等听完我卜得的警告,你就会明白了。
我一坐上那古老的占卜座位——

各种熟悉的鸟类惯常聚集的地方，
就听见了无法听懂的鸟类语言，
听见它们发出不吉利的聒噪。
我一听那拍打翅膀的声音就知道，
它们是在用脚爪狠狠地互相抓斗。
听到这凶兆，我害怕起来，
立即在炉火正旺的祭坛上试试燔祭①，
但是火神不让我的祭肉燃烧。
腿肉渗出的汁水滴到火炭上，
冒起烟来，劈啪爆炸；
胆汁溅到了空中，
滴油的腿骨裸露出来，因为
包在上面的脂油已经融化②。
　　这祭仪就这样失败了，我没有能
卜到预兆，这是这个孩子说给我听的。
因为，他是我的引路人，正如我引领别人。
现在城邦遭到了污染，这是你的主意
造成的。因为，鸟和狗从奥狄浦斯儿子
不幸的尸体上撕下腐肉，用它弄脏了
我们城市所有的祭坛和炉灶③。
因此，众神不从我们手里接受祭品
接受祈祷，不让祭肉生出火苗。
鸟儿因为吃了被杀者的肮脏血肉，
不发出显示吉祥的清晰啼叫。
因此，孩子，请你想想我这话：
任何人都可能犯错误，

---

① 燔祭是一种占卜方法：用牛、羊的大腿骨（上有少量肉），外裹着油，上堆内脏和胆囊。如果祭肉很快着火，火色淡而明，是吉兆；如果只冒烟不发火或火焰不旺，祭肉不能烧化便是凶兆。

② 其实这些已是凶兆。

③ 公共祭祀用祭坛，家庭献祭用炉灶。

犯了错误，只要能设法
纠正它，不是顽固不化，
他就不再是一个不幸的蠢人。
固执己见只能招来愚蠢之名。
不，忍让死者吧，别戳已死的人！
已死的人再杀他一次算什么勇敢？
我为你着想，劝告你是为了你好；
如果劝告是有益的，那么还有什么
比听从有益的劝告更快乐的事儿？

克瑞昂

老家伙，你们一起向我射击，
就像弓箭手对着靶子一样。
你们想用预言术搅得我心神不安，
其实我早已被先知一族当货物卖了。
如果你们想赚钱，尽可去经商，
赚回萨迪斯的白金和印度的黄金[①]，
但不许把那个人的尸体埋进坟墓，
不，即使宙斯的神鹰把那人的肉
抓着带到了他的宝座上，
我也决不会因为害怕污染
容许埋葬他；因为我清楚地
知道，没有一个凡人能污染到神。
老特瑞西阿斯啊，一个人无论多么聪明，
如果贪图利益，不论肮脏的意图
裹着多么漂亮的语言外衣，终会可耻地摔倒。

① 萨迪斯是小亚细亚吕底亚王国的首都。白金是一种在黄金中加进白银的合金。

特瑞西阿斯

哎呀!
有谁知道,有谁想过。

克瑞昂

什么事?你想说出什么警句名言?

特瑞西阿斯

明智是多有益的财宝!

克瑞昂

我看像愚昧一样,是最有害的东西。

特瑞西阿斯

你正是感染了愚昧的病。

克瑞昂

我不想回骂先知。

特瑞西阿斯

但是你已经骂了,说我用预言骗人。

克瑞昂

先知族都爱钱。

特瑞西阿斯

出自暴君的一族都爱污染的利益。

克瑞昂

你知道吗,你这话是在说你的国王?

特瑞西阿斯

我知道,你靠我救了城邦,做了国王。

克瑞昂

你是一个出色的先知,只是爱做不正当的事。

特瑞西阿斯

你会激我说出我心里的秘密。

克瑞昂

说吧,只要不是贪图利益①。

特瑞西阿斯

我想,我是为你图利益。

克瑞昂

我不会为利益出卖我的决心。

特瑞西阿斯

我要明白地告诉你:
你看见不了多少天太阳车驶过天空,
就要拿出一个自己的孩子作为赔偿,
用一个尸体赔偿一个尸体。
因为,你把一个阳世的人拐到了阴间,
残忍地迫使一个活人住进了坟墓,
同时你又把一个属于地下神祇的死人,
一个没有埋葬,没有祭奠

① 受了贿赂,替人劝说埋葬死者。

不洁的尸体留在了人间。
这件事你无权、天上的神也无权这么做，
你篡夺了不属于你的权力。
因此冥王和天神属下的复仇三女神[1]，
那毁灭的精灵，正跟踪你罪恶的脚印，
要让你落到同一的灾难里。
　　你看着吧，我发表这个预言，是不是
也因为受了贿赂。看着吧，要不了多久
你家里就会传出男男女女的哭声，
而所有的敌对城邦也会骚动起来[2]；
因为它们战士的尸体葬进了
饿狗、野兽或飞鸟的腹中，而飞鸟
又把污秽的气味带到了这些城邦的炉灶上。
　　这就是我向你射出的箭，既然你激怒了我，
我就像一个愤怒的弓箭手，向你的心脏射击；
这一箭准确无误，你躲避不了它的刺痛。
　　童子，带我回家去。让他去向比我年轻的人
发泄他的火气，让他学会使自己的舌头
说话有分寸一点，让他使自己的胸口
有一颗比现在好一点的心。
　　（特瑞西阿斯由童子引下）

歌队长

主上啊，这人说了一些可怕的预言走了。
打从我的头发由黑变白以来，
我一直知道：他对城邦说的预言
没有一次不曾应验。

---

① 复仇三女神合名埃里倪斯。
② 指战死的外邦将领的家属会因为亲人未被埋葬而起来复仇。

克瑞昂

这我自己也知道，所以心里很烦乱。
让步是可怕的，但是，对抗也是个可怕的
选择：我倔强的心会遭到灾祸的打击。

歌队长

墨诺克奥斯之子啊，你应当采纳我的忠告。

克瑞昂

我应当怎么办？你说吧，我一定听从。

歌队长

去把那女孩子从石窟里放出来，
再给那暴露的尸体造一个坟墓。

克瑞昂

你也这样劝我，认为我应当让步吗？

歌队长

是的，主上啊，越快越好。因为
众神的惩罚会很快追上恶人。

克瑞昂

哎呀！真难呀，但是我必须放弃想要做的，
必须放弃和命运作不利的抗争。

歌队长

赶快去，亲自去做，别把这事交给别人。

克瑞昂

这就去。喂,喂,仆人们,
在这里的和不在这里的,拿起斧子,
赶到你们看得见的那个地方去!
我呢,既然这么决定了,我就自己去
把她放出来,既然是我自己囚禁她的。
我现在差不多信服了:一个人最好是
终身遵从古老的神律。

(克瑞昂偕众仆从下)

(十二)

第五合唱歌

歌　队

(第一曲首节)

啊,你这多名者[1],卡德墨亚少妇们赞颂的神,
鸣雷闪电的宙斯之子[2],巴克科斯啊,
你保护著名的意大利[3],

---

① 酒神狄奥倪索斯据说有六十个名字。

② 狄奥倪索斯的母亲在怀他期间曾要求宙斯让她看看宙斯作为雷电之神的面目,结果被烧死,胎儿被宙斯取出,放进自己的髀肉里,等长成后再取出。

③ 南意大利盛产葡萄,是酒神的圣地。

统治好客的埃琉西斯①——
女神得奥庇护的平原。
巴克科斯啊，你住在忒拜——
你的女信徒的祖国，住在
流水潺潺的伊斯墨诺斯河边，
曾经播种过恶龙牙齿的土地上。

（第一曲次节）
双峰的山岩上闪耀的火光看见你——
你的女信徒，科里克斯的
少妇们，在那里游行——
卡斯塔利亚的清泉也看见你②。
你来自爬满常春藤的
倪萨山的山坡③，
来自结满葡萄的
绿色海岸，
“欧嗬！欧嗬！”的神圣歌声
送你来到忒拜城。

（第二曲首节）
所有的地方中你最喜爱忒拜，
你的遭到雷击的母亲也喜爱这里。
如今，我们全城的人都患上了重病，
我求你走下帕尔那索斯山，

---

① 埃琉西斯是阿提克北部一个区，是地母神得墨忒尔（得奥）的崇拜中心。

② 阿波罗的圣地得尔斐在一处陡崖，上分两峰，两峰之间是卡斯塔利亚泉水。双峰附近有一块高地，女信徒每年冬末在此歌舞。科里克斯山洞就在那高地上。

③ 小亚细亚、希腊、克里特都有倪萨山。酒神出生后，宙斯把他交给倪萨山神女哺养，长大成人后回到忒拜。

或跨过波涛滚滚的海峡[1]，
前来帮助我们医治疾病。

（第二曲次节）
啊，呼吸火光的众星的领队[2]
夜间歌声的指挥，
宙斯的亲生儿子，
我的主啊！带着你的伴侣，提伊亚德们[3]
快来吧！她们总是在你这主宰，
伊阿科斯的面前通宵达旦疯狂地歌舞。

（十三）
退　场

（报信人上）

报信人

依傍卡德摩斯和安菲昂家室而居的人们啊[4]，

---

① 帕尔那索斯山在得尔斐。海峡指尤卑亚海峡。

② 天空群星闪烁，也好像加入了人间举着火把歌舞狂欢的游行队伍。

③ 提伊亚最先崇奉酒神，是酒神节的创始人。后来那些赶到帕尔那索斯去崇拜酒神的雅典妇女便被叫作提伊亚德。伊阿科斯是酒神的别名。

④ 卡德摩斯建造了忒拜卫城，后来安菲昂和泽托斯兄弟俩建造了外城。这句话就是忒拜人的意思。

凡间人类的生活没有一种现状我能说它不变的，
无论是我想赞美的还是我想咒骂的。因为命运
可能今天压倒你，明天又扶起你，使你成为幸运者，
也可能今天扶起你，明天又压倒你，使你不幸。
没有人能向你预言，生活的现状能维持多久。
我认为克瑞昂曾经是幸福的，他击退了敌人，
拯救了卡德摩斯的国土，取得了这地方的
独裁统治权，还幸运地生了一些高贵的孩子。
但如今他全失去了。因为，如果一个人受罚
失去了快乐，我就不认为他还活着，
我认为，他就不过是一具能呼吸的死尸了。
如果你想要，尽可以在家里积累财富，
尽可以过国王般威风的生活。但是，
如果没有快乐，那么，我甚至不愿意拿出
烟雾下的影子[①]去换取这东西。我宁可要快乐。

歌队长

你又来向王室报告什么新的灾难？

报信人

他俩死了！活着的人要对这死亡负责。

歌队长

谁是杀人者？谁是被杀者？你说。

报信人

海蒙死了，但他不是外人杀的。

---

① 意即“最微不足道的东西”。

歌队长

他死于父亲之手还是自己的手?

报信人

死于自己的手,为那谋杀事件生他父亲的气。

歌队长

先知啊,这证明你的话多么灵验。

报信人

事已至此,你必须考虑其余的事。

歌队长

瞧!我看见克瑞昂的妻子
不幸的欧律狄刻来了;
她从宫里出来,不知是因为
听到了儿子的消息,还是出于偶然。
（欧律狄刻上）

欧律狄刻

啊,全体市民们,当我正要出发
去向女神帕拉斯祈祷时,
就听见了你们的谈话。
甚至在我拔下门闩,刚要开门时,
家庭不幸的消息便传到了我的耳朵里。
我吃了一惊,往后倒下,
跌入侍女们的怀中,失去知觉。
可是,请把刚才的消息再说一遍,
我要听听;悲痛于我并不是第一遭遇见。

报信人

亲爱的王后，我既然到过那里，
一定向你报告实情，不漏掉一个细节。
真的，为什么我要说假话安慰你，
既然它们是一定马上就会被看穿的？
真话永远是最好的。
　　我给你的夫君带路，陪他走到平原的尽头；
波吕涅克斯的尸体仍旧躺在那里，
被野狗撕裂着，没有人怜悯。
首先我们祈求道路女神[①]
和冥王普卢同慈悲息怒，
用净罪的水清洗尸首，
把它放在新折的树枝堆上，举行火化，
用祖国的泥土给他堆起一个高大的坟墓。
然后我们奔向哈得斯新娘的
新房，里边有石头铺的婚床。
我们中有一个人从老远听见
那被剥夺了葬礼的新房里有很大的哭声，
跑来报告我们的主子克瑞昂。
　　国王走近一点时便听清楚了
那凄惨的哭喊，他惊叫一声，
说出一番最悲惨的话："哎呀，真不幸呀！
难道我的预见成真了吗？
难道我正在走上生平最不幸的道路吗？
儿子的声音让我听来可怕。仆人们，快去！
你们到了墓前，从墓壁被破坏的缺口
往里面看，然后告诉我：是我认出了

① 道路女神指赫卡忒。雅典人习惯每逢月底在十字路口放上食篮供奉赫卡忒。

海蒙的声音,还是众神欺骗了我的耳朵。”
　　我们奉了沮丧的主人这道命令,
前去察看,看见那姑娘吊死在墓室的最里边,
脖子套在好绳结成的活套里,
小伙子抱着她的腰,痛哭未婚妻的死亡,
父亲的罪恶和自己婚姻的不幸。
　　国王一看见儿子就发出可怕的喊声,
走进去,朝他大哭着说道:
“不幸的孩子,你做的什么呀!
你想怎么?什么不幸使你失去了理性?
出来吧,我的孩子,我求你啦!”
但儿子用凶狠的目光瞪着他,
露出憎恨的表情,什么也不回答,
拔出一把两面锋利的匕首;
父亲往回飞跑,没有被他刺中;
于是这不幸的人对自己生了气,立即往剑上一扑,
再一刺,把半截剑捅进了自己的胁里。
他趁还有知觉的时候,用无力的双臂
把情人抱在了怀里,一喘气,
一股血涌出来,流到了她苍白的脸上。
他就这样尸体抱着尸体躺在那里,
这不幸的人终于在死神的屋里,
赢得了他的婚礼。他向人们证明:
愚昧是一个人最大的不幸。
　　(欧律狄刻下)

歌队长

你能想得出,这意味着什么吗?
这夫人一句话没说就回家了,
没有表示喜也没表示悲就走了。

报信人

我也觉得奇怪。但往好处想心里宽慰，
我希望她是听到儿子的不幸消息
不便于大庭广众之间大放悲声，
宁可在家里和侍女们一起哀悼家里的不幸。
她不是一个没有理智的人，不会做错事情的。

歌队长

我不这样认为，我倒觉得，像大哭大叫一样，
这种强忍的沉默也是不祥的兆头。

报信人

噢，我进宫去打听一下，看看
她烦乱的内心是不是真的隐藏着
某种凶险的计划。你说得对：
勉强的沉默也是不祥的兆头。
　　（报信人下）

歌队长

瞧，那边国王本人过来了，
手里拿着一件很能证明的物证[①]——
如果这样说是公道的——这个苦难
不是别人加给他的，是他自己的罪行造成的。
　　（克瑞昂上，仆人们抬着海蒙的尸体跟随着）

克瑞昂

　　（第一曲首节）

---

① “物证”指海蒙的尸体。

哎呀！
这心灵愚昧的罪过呀，
这致命固执的罪过呀，
你们瞧，这杀人者
和被杀者都是亲人。
不幸呀！我的决定结出的苦果呀！
哎呀，孩子呀，你年纪轻轻就夭折了，
哎呀呀，哎呀呀！
你死了，去了，
怪我糊涂呀，你没有错。
（本节完）

歌队长

你好像看对了，只可惜晚了。

克瑞昂

（第二曲首节）
哎呀呀！
我这不幸的人懂了，仿佛有一位神
在我头上给了我重重的一击，
把我赶到了残忍的路上，
哎呀，推翻了、践踏了我的快乐。
唉，唉，凡人的辛苦没有好的结果。
（本节完）
（报信人上）

报信人

主人啊，你是得到了双份的收获：
手里赚了一个回来；家里还有一个贮藏着，
我想，你马上就会看了伤心的。

克瑞昂

除了这个而外还有什么更大的灾难?

报信人

你的妻子死了,这个死人的亲生母亲,
这不幸的女人,刚刚才那么一下。

克瑞昂

（第一曲次节）
哎呀!
哎呀,你,冥王住不满的收容地啊,
为什么,究竟为什么你要亡我?
啊,你这个向我报告
凶信的人啊,你说的什么?
哎呀呀,你把我这已死的人又戳了一刀。
年轻人啊,你说什么? 你对我又说了新的什么?
哎呀! 哎呀!
你是说我的妻子死了,
尸首叠着尸首?
（本节完）
（欧律狄刻尸体被推出）

歌队长

你可以看见了,不再藏在里边了。

克瑞昂

（第二曲次节）
哎呀呀!
那里我又看见了一件祸事,第二件不幸。

还有什么，还有什么命运在等着我？
我刚刚手里抱着儿子，
不幸啊，又看见了面前这死尸。
哎呀，不幸的母亲！哎呀，儿子！
（本节完）

报信人

她悼念了先前光荣赴死的墨伽柔斯[1]
再哀悼了这个儿子[2]，最后诅咒你
这杀子者遭遇厄运。做完这些，
她在祭坛前用一把锋利的短剑自杀了，
闭上了逐渐昏暗的眼睛。

克瑞昂

（第三曲首节）
哎呀！哎呀呀！
我吓得发抖。怎么没有人
用两面锋利的短剑给我致命的一下？
我真不幸呀，哎呀，
深深地陷入了不幸的苦难中。
（本节完）

报信人

真的，你的妻子临死时指控你
是两个儿子的死亡祸因。

---

① 据说阿尔戈斯人攻城的时候，先知特瑞西阿斯曾说，这场战争是因为战神阿瑞斯发怒了，因为忒拜人的祖先卡德摩斯曾杀死了战神的龙。先知建议杀克瑞昂的儿子墨伽柔斯以偿还这笔血债。墨伽柔斯跳城楼自杀，换取了人民的安全。

② 指海蒙。

克瑞昂

她是怎么个自杀法的?

报信人

听见大家痛哭她儿子不幸死亡,
她亲手向自己的心脏刺了一刀。

克瑞昂

（第四曲首节）
哎呀,哎呀,这个罪责我不能推卸,
什么时候也不能叫别人来承担,
我呀,是我害了你,真不幸呀,
我呀,我说的是真话。仆人们呀,
赶快把我带走吧,把我这
形存实亡的人从这里带走吧!
（本节完）

歌队长

如果坏事中也有什么好事,你要求的就是一件好事。
因为,苦难临头了,受苦的时间越短越好。

克瑞昂

（第三曲次节）
来吧,来吧!
给我带来末日的,
我最好的命运啊,你快出现吧!
来吧,来吧!
别让我再看见明天的亮光!
（本节完）

歌队长

这是以后的事情。眼前的事需要我们处理，
以后的事情留待天神来掌管①。

克瑞昂

后面这句话也反映了我的愿望，
我和你一起祈求它。

歌队长

别再祈祷了，有死的凡人
都逃不过注定的苦难。

克瑞昂

（第四曲次节）
啊，你们，把我这个暴躁愚昧的人带走吧！
啊，我的儿呀，我无意中杀了你，
（向欧律狄刻尸体）
还有你，我的妻呀，我把你也杀了。
哎呀，真不幸呀！我没有地方寻求支持了。
因为，我手上的事情全办糟了，
还有一个无法忍受的命运②沉重地压在我的头上。
（本节完）
（众仆从抬海蒙尸体下，克瑞昂和报信人随下）

歌队长

智慧是幸福的最主要部分，

---

① “眼前的事”指安葬刚死的这些人，“以后的事情”指克瑞昂的余生。

② 指老来孤苦寂寞。

对神的虔敬一定不能违背，
傲慢者的出言狂妄
必遭神的有力打击。
这种教训使人老来变得智慧。

（歌队退场）